LA MARE AU DIABLE

D'après un dessin de Maurice Sand (Musée Carnavalet).

CLASSIQUES LAROUSSE

Publiés sous la direction de
FÉLIX GUIRAND
Agrégé des Lettres
Professeur de Première au Lycée Condorcet

GEORGE SAND

LA MARE AU DIABLE

avec une Notice biographique,
une Notice historique et littéraire,
des Notes explicatives, des Jugements,
un Questionnaire et des Sujets de devoirs,

par

FÉLIX GUIRAND
Agrégé des Lettres
Professeur au Lycée Condorcet

et **ANDRÉ V. PIERRE**
Diplômé d'Études supérieures

LIBRAIRIE LAROUSSE — PARIS-VIᵉ

13 à 21, rue Montparnasse, et boulevard Raspail, 114
Succursale : 58, rue des Écoles (Sorbonne)

RÉSUMÉ CHRONOLOGIQUE DE LA VIE DE GEORGE SAND

(1804-1876)

1er juillet 1804. — Naissance à Paris d'Aurore Dupin, fille de Maurice Dupin et de Sophie Delaborde. La grand'mère d'Aurore, Marie-Aurore de Francueil, était une fille du maréchal Maurice de Saxe.

17 septembre 1808. — Mort de Maurice Dupin, père d'Aurore.

1808-1817. — Séjour à Nohant, coupé par quelques voyages à Paris.

1817-1820. — Aurore Dupin est en pension au couvent des Anglaises, rue des Fossés Saint-Jacques.

1820. — Retour en Berry.

25 décembre 1821. — Mort de Mme Dupin de Francueil, grand'mère d'Aurore.

10 septembre 1822. — Aurore Dupin épouse Casimir Dudevant, fils du colonel baron François Dudevant.

30 juin 1823. — Naissance de Maurice Dudevant (qui prendra plus tard le nom de Maurice Sand).

Juillet 1825. — Voyage dans les Pyrénées.

13 septembre 1828. — Naissance de Solange.

4 janvier 1831. — Aurore Dudevant quitte Nohant, où elle laisse son mari et ses enfants et s'installe à Paris.

1831. — Elle publie *Rose et Blanche*, en collaboration avec Jules Sandeau, sous le pseudonyme de Jules Sand.

1832. — *Indiana*, premier roman signé George Sand. *Valentine*.

1833. — *Lélia*. Voyage en Italie avec Alfred de Musset.

1834. — Séjour à Nohant, puis retour à Paris. *Jacques. Lettres d'un voyageur*.

1835. — Michel de Bourges pousse George Sand dans la politique.

1835-1836. — Procès en séparation et divorce de George Sand et de Casimir Dudevant. George Sand voyage en Suisse et revient à Nohant.

1837. — *Mauprat*. Mort de Mme Dupin, mère de George Sand.

1838. — George Sand séjourne avec Chopin et ses enfants à Majorque. *Spiridion*, écrit sous l'influence philosophique de Pierre Leroux. Série des romans à tendances religieuses et sociales : *le Compagnon du tour de France* (1840) ; *Horace* (1841) ; *Consuelo* (1842-1843) ; *la Comtesse de Rudolstadt* (1843-1845) ; *Jeanne* (1844) ; *le Meunier d'Angibault* (1845) ; *le Péché de Monsieur Antoine* (1847). Pendant cette période, George Sand se mêle à l'agitation politique : elle fonde la *Revue indépendante* avec Pierre Leroux (novembre 1841) ; elle y publie *Fanchette* (1843) ; collabore à *l'Éclaireur de l'Indre* (1844-1845) ; fonde, avec Pierre Leroux, *la Revue sociale* (1845), où elle publie *les Paysans* (1846-1847) ; elle termine sa vie politique après la déception que lui cause la Révolution de 1848.

1846. — *La Mare au Diable*, premier ouvrage de la série des romans à décor champêtre ; *François le Champi* (1847) ; *la Petite Fadette* (1849) ; *les Maîtres sonneurs* (1853) ; 15 octobre 1855-17 août 1856. — *Histoire de ma vie*, publiée dans la *Presse*.

1856-1858. — *Les Beaux Messieurs de Bois-Doré* ; *les Légendes rustiques* (1857).

1860. — *Jean de la Roche*.

1861. — *Le Marquis de Villemer* (mis au théâtre en 1864).

1863. — *Mademoiselle de La Quintinie*.

1870-1871. — Pendant la guerre, George Sand, qui est restée dans son Berry, écrit ses impressions, le *Journal d'un voyageur pendant la guerre* (1871).

1872. — *Nanon*.

8 juin 1876. — George Sand meurt à Nohant, où elle est enterrée.

George Sand avait trente-six ans de moins que Chateaubriand ; vingt et un ans de moins que Stendhal ; quatorze ans de moins que Lamartine ; cinq ans de moins que Balzac ; deux ans de moins que Victor Hugo ; un an de moins que Mérimée ; six ans de plus que Musset ; dix-sept ans de plus que Flaubert.

LA MARE AU DIABLE

NOTICE

Ce qui se passait en 1846. — En politique : *Les élections de 1846 assurent une majorité importante aux conservateurs et semblent consolider la situation de Louis-Philippe et de son premier ministre Guizot ; mais le mouvement d'opinion qui aboutira à la Révolution de 1848 commence à prendre de la consistance. Bugeaud poursuit la conquête de l'Algérie.* — A l'extérieur : *Le mariage de la reine d'Espagne Isabelle et celui de sa sœur cadette, Louise-Fernande, provoquent la rupture de l'Entente cordiale entre l'Angleterre et la France.* — A l'étranger : *Le pape Pie IX monte sur le trône pontifical.*

En littérature : *Balzac publie* la Cousine Bette; *Michelet publie* le Peuple. *Lamennais achève son* Esquisse d'une philosophie. *Chateaubriand termine la rédaction des Mémoires d'outre-tombe, qui paraîtront en 1848. Mort de Sénancour, l'auteur d'Obermann.*

Dans les arts : *Le musicien Berlioz fait jouer la* Damnation de Faust *à l'Opéra-Comique. Le jury du Salon refuse le portrait du peintre Courbet par lui-même.*

Dans les sciences : *Le Verrier découvre par ses calculs la planète Neptune.*

Composition et sources de « la Mare au Diable ». — George Sand écrivit *la Mare au Diable* à Nohant, à la fin de 1845. La première édition fut dédiée à Chopin.

Il n'y a point de raisons de contredire les renseignements que George Sand a donnés sur la genèse de son roman dans la *Notice* qu'elle écrivit en 1851. Le mieux est donc de s'y reporter. On observera que l'artiste déclare n'avoir pas voulu « se chercher une nouvelle manière », c'est-à-dire renoncer aux thèses sociales et philosophiques qu'elle avait soutenues dans ses œuvres antérieures. Cela est vrai. Mais il est vrai aussi que le décor champêtre et le tableau des mœurs rustiques prennent dans *la Mare au Diable* une place prépondérante, au détriment de la thèse sociale exprimée nettement mais avec sobriété.

Analyse du roman. — I à III. — Une gravure de Holbein (*le Laboureur et la Mort*) inspire à George Sand des réflexions sur la condition des riches et des pauvres et l'amène à décrire une scène de labour en Berry.

III à VI. — Germain le laboureur (vingt-huit ans) est veuf avec trois enfants. Son beau-père, le père Maurice, lui conseille de se remarier. Germain accepte sans enthousiasme de rendre visite à une veuve, la veuve Guérin, qui demeure à Fourche, à trois lieues de là. Au moment de partir il consent à prendre en croupe la fille d'une voisine, la petite Marie (seize ans), qui va se placer comme bergère dans la ferme des Ormeaux, près de Fourche.

VI à XII. — Pendant le trajet, Germain et Marie causent. La jeune fille conseille à Germain de conclure le mariage en question. Ils rencontrent sur la route Petit-Pierre, fils aîné de Germain, qui s'est échappé pour demander à son père de l'emmener. Sur les instances de Marie, le père consent. Les trois voyageurs soupent dans un cabaret, repartent, mais s'égarent dans les bois, à cause de la nuit et du brouillard. Leur jument s'étant échappée, ils improvisent un campement au bord de la Mare au Diable. Tout ceci ne va pas sans conversations, qui dévoilent à Germain les qualités de cœur et d'esprit de Marie. Il finit par demander à la jeune fille de l'épouser : mais celle-ci allègue la différence d'âge. Le jour paraît. Ils retrouvent leur chemin, ainsi que la jument échappée. Marie engage Germain à aller visiter la veuve Guérin ; elle gardera l'enfant pendant ce temps et l'emmènera aux Ormeaux.

XII à XV. — Germain chez la veuve Guérin, qu'il trouve en compagnie de trois soupirants. La coquetterie de cette femme lui déplaît, et il renonce à poursuivre ce projet. Il part à la recherche de Marie et de Petit-Pierre. On lui apprend que la jeune fille a déjà quitté la ferme où elle devait entrer comme bergère. Germain rencontre à la Mare au Diable, d'abord le fermier qui avait embauché Marie, puis Petit-Pierre et la jeune fille : celle-ci lui fait comprendre qu'elle a quitté les Ormeaux pour échapper aux insolences du fermier. Germain inflige une correction à ce dernier.

XV, XVI, XVII. — Retour. Reprise des travaux. Germain déclare à sa belle-mère son amour pour Marie. La mère Maurice s'occupe de l'affaire. Marie avoue enfin à Germain qu'elle l'aime.

Les personnages. — Les deux personnages principaux de *la Mare au Diable*, bien qu'idéalisés, ne sont pas *faux* ; seulement, ils ne sont point *tout à fait vrais*. *Germain*, être simple et bon, représente les paysans, non point tels que George Sand les voyait — elle les voyait aussi bien que personne — mais tels qu'elle souhaitait qu'ils devinssent ; c'est un portrait sans nuances, disons même un chromo, à cause de la rusticité du dessin et de la naïveté de la couleur. La petite *Marie* n'a point de défauts, elle non plus, et témoigne d'un dévouement et d'une délicatesse qui sont peut-être au-dessus de son âge et de sa condition ; cependant on distingue en elle une certaine finesse féminine qui rend sa silhouette moins fruste que celle de Germain.

Les personnages secondaires sont intéressants, tout à fait naturels, ceux-là. Le *père Maurice* est doué d'un sens pratique que ne contredit point une bonté réelle ; la *veuve Guérin*, coquette et vul-

gaire, et ses trois lourdauds de soupirants, sont pris sur le vif.
N'oublions pas *Petit-Pierre*, personnage *utile*, car il intervient dans
toutes les situations décisives de *la Mare au Diable*.

Il n'y a qu'un personnage vraiment antipathique dans ce roman :
le grossier fermier des Ormeaux, qui reçoit d'ailleurs la punition
qu'il mérite.

Intérêt littéraire. — *La Mare au Diable* inaugure une orienta-
tion nouvelle dans la production de George Sand. Après la série des
grands romans tumultueux (*Indiana, Valentine, Lélia*, etc.), et celle
des romans sociaux (*le Compagnon du tour de France, le Meunier
d'Angibault*, etc...), l'écrivain, sans renoncer à l'expression de ses
théories humanitaires, accorde dans ses fictions romanesques une
place essentielle aux images du Berry et aux mœurs de ses habitants.

Le décor. — Les descriptions champêtres occupent *maintenant* la
place la plus importante dans l'œuvre *entière* de George Sand. Nous
voulons dire par là que dans la longue bibliographie consacrée à la
châtelaine de Nohant, seuls apparaissent aujourd'hui en caractères
lisibles les romans où dominent les traits de mœurs et les paysages
ruraux. Les autres récits, ceux qui reflètent les épisodes troublés
de la vie sentimentale ou politique de l'auteur, sont pour ainsi
dire ignorés du public qui n'en a retenu ni les thèmes, ni probablement les titres. Il est donc utile de fournir quelques indications
générales sur le décor des romans rustiques de George Sand.

La région décrite est le Berry, non pas le Berry tout entier, mais
cette fraction qui occupe la partie sud-est du département de l'Indre ;
le centre en est approximativement figuré par la ville de La Châtre.
George Sand appelait cette région la *Vallée Noire*, à cause de la
coloration sombre des bois qui couvraient les hauteurs, mais les
géographes l'intitulent *Bas-Berry* et donnent le nom particulier
de *Boischant* à cette vallée de l'Indre qui avoisine le château de
Nohant, et que George Sand a spécialement parcourue et dépeinte.

Quant à la *Mare au Diable*, sa topographie est aisée à reconstituer.
Partant de La Châtre par la route qui mène à Ardentes, on rencontre
bientôt sur la droite, après avoir dépassé Nohant, le hameau de
Bel-Air, où vivent Germain et la petite Marie ; puis, une dizaine
de kilomètres plus loin, sur la gauche, les bois de Chanteloube,
au milieu desquels se trouve la Mare au Diable. A la sortie de ces
bois, apparaissent Fourche et Les Ormeaux. — Il ne reste que
quelques vestiges de cette mare célèbre, qu'une allée nouvelle a
coupée en deux tronçons.

George Sand a, d'une façon générale, exactement traduit les
paysages qu'elle avait sous les yeux ; elle a, aussi, fidèlement repro-
duit les mœurs de leurs habitants. Quoique n'oubliant jamais de
diriger vers ses préoccupations sociales les observations qu'elle
récoltait au cours de ses promenades, elle savait voir et exprimer
le pittoresque des usages et celui du vocabulaire. Ces notations de

mœurs complètent les tableaux rustiques et forment un ensemble dont tous les éléments se tiennent. Le décor est solide et plaisant.

L'amour de la nature était chez elle spontané, sincère, nullement factice. C'est même le seul sentiment limpide que l'on rencontre dans cette âme si étrangement troublée par les agitations sentimentales, philosophiques ou sociales. George Sand, qui n'était point fort intelligente — elle en convenait d'ailleurs avec beaucoup de simplicité — tomba dans l'outrance ou dans la banalité chaque fois qu'elle aborda des sujets qui dépassaient ses facultés de comprendre; mais chaque fois que les circonstances la conduisirent à interpréter la nature dans ses manifestations les plus simples, elle prouva que sa traduction était plus claire, plus objective et par conséquent plus fidèle que celles des romantiques.

A vrai dire, George Sand ne devait pas attendre l'année 1846 pour débuter dans le « genre champêtre ». Dès le commencement de sa carrière littéraire, elle introduisait les paysans et des paysages dans le cadre de ses romans : les uns et les autres apparaissent dans *Valentine* (1832), *André* (1835), *Simon* (1835), *Mauprat* (1836), *Jeanne* (1844). En 1845, *le Meunier d'Angibault* annonce l'évolution de la romancière : *la Mare au Diable* en est la première manifestation réelle; c'est ensuite la série des grands romans rustiques : *François le Champi* (1847), *la Petite Fadette* (1849), *Claudie* (1851), *les Maîtres Sonneurs* (1853).

Les récits d'aventures auxquels se consacra ensuite George Sand contiendront des scènes rustiques; on en retrouvera dans *les Beaux Messieurs de Bois-Doré* (1856-1858), *la Famille Germandre* (1861), *le Marquis de Villemer* (1861).

La Mare au Diable marque donc un moment important dans la production de George Sand. C'est une idylle rustique dégagée de tout élément trouble et brutal. Si la simplicité des caractères peut ne pas satisfaire entièrement un lecteur soucieux de réalité objective, par contre la vérité permanente et l'émouvante sobriété des tableaux champêtres exercent une séduction incontestable. Certaines descriptions (la scène du labour, la nuit dans la forêt) sont maintenant classiques et méritaient de le devenir. Le style des dialogues — un peu trop *expurgé*, sans doute — est pourtant naturel et expressif.

En résumé, l'écriture de George Sand n'est point du tout une écriture *artiste*, comme le sera quelques années plus tard celle de Flaubert. Elle atteint cependant le résultat cherché par la clarté de la syntaxe et la propriété des termes. Notons enfin que, dans *la Mare au Diable*, il y a très peu de ces idiotismes berrichons que l'on rencontrera en grande quantité dans *la Petite Fadette* (1849).

Le récit, à partir du troisième chapitre, est bien conduit, sans digressions ni surcharges. Chaque incident a son utilité propre et contribue à souligner le thème du roman : les amours de Germain et de la petite Marie.

NOTICE[1]

Quand j'ai commencé, par *la Mare au Diable*, une série de romans champêtres, que je me proposais de réunir sous le titre de *Veillées du Chanvreur*[2], je n'ai eu aucun système, aucune prétention révolutionnaire en littérature. Personne ne fait une révolution à soi tout seul, et il en est, surtout dans les arts, que l'humanité accomplit sans trop savoir comment, parce que c'est tout le monde qui s'en charge. Mais ceci n'est pas applicable au roman de mœurs rustiques : il a existé de tout temps et sous toutes les formes, tantôt pompeuses, tantôt maniérées, tantôt naïves[3]. Je l'ai dit, et dois le répéter ici, le rêve de la vie champêtre a été de tout temps l'idéal des villes et même celui des cours. Je n'ai rien fait de neuf en suivant la pente qui ramène l'homme civilisé aux charmes de la vie primitive. Je n'ai voulu ni faire une nouvelle langue, ni me chercher une nouvelle manière. On me l'a cependant affirmé dans bon nombre de feuilletons, mais je sais mieux que personne à quoi m'en tenir sur mes propres desseins, et je m'étonne toujours que la critique en cherche si long, quand l'idée la plus simple, la circonstance la plus vulgaire, sont les seules inspirations auxquelles les productions de l'art doivent l'être[4]. Pour *la Mare au Diable* en particulier, le fait que j'ai rapporté dans l'avant-propos, une gravure d'Holbein[5] qui m'avait frappé, une scène réelle que j'eus sous les yeux dans le même moment, au temps des semailles, voilà tout ce qui m'a poussé[6] à écrire cette histoire modeste, placée au milieu des humbles paysages que je parcourais chaque jour. Si on me demande

---

1. Cette notice fut écrite en 1851, pour une édition complète des œuvres de George Sand, illustrées par Tony Johannot et Maurice Sand. Dans cette édition, chaque roman est précédé d'une notice où l'auteur expose la genèse de l'œuvre et le but recherché ; 2. *Le chanvreur*, est l'artisan qui peigne les tiges de chanvre broyées et en fait des paquets de fibres qui seront ensuite filées par les paysannes. Le *chanvreur* : « homme disert et beau parleur », était un grand raconteur d'histoires, et surtout de légendes effrayantes. George Sand n'a pas réalisé le projet de réunir ces *Veillées du chanvreur* ; 3. Il y eut, en effet, beaucoup de romans rustiques, depuis la naïve pastorale de Longus (*Daphnis et Chloé*) jusqu'aux bergeries conventionnelles d'Honoré d'Urfé (l'*Astrée*). Mais, quoi qu'en dise George Sand, elle a certainement *fait du neuf* en introduisant dans la littérature sa conception du roman champêtre; 4. L'existence; 5. Voir note 2, p. 13; 6. *Poussé*. George Sand emploie toujours le masculin lorsque, dans ses ouvrages, elle fait allusion à sa propre personne.

ce que j'ai voulu faire, je répondrai que j'ai voulu faire une chose très touchante et très simple, et que je n'ai pas réussi à mon gré. J'ai bien vu, j'ai bien senti le beau dans le simple, mais voir et peindre sont deux! Tout ce que l'artiste peut espérer de mieux, c'est d'engager ceux qui ont des yeux à regarder aussi. Voyez donc la simplicité, vous autres[1], voyez le ciel et les champs, et les arbres, et les paysans surtout dans ce qu'ils ont de bon et de vrai : vous les verrez un peu dans mon livre, vous les verrez beaucoup mieux dans la nature.

GEORGE SAND.

Nohant, 12 avril 1851.

---

1. Ce *vous autres*, assez méprisant, s'adresse en particulier aux habitants des villes et aux intellectuels qui dédaignent ou ignorent la simplicité de la vie rurale. Comme J.-J. Rousseau, G. Sand prêche le retour à la nature.

LA MARE AU DIABLE

I

L'AUTEUR AU LECTEUR

A la sueur de ton visaige
Tu gagnerois ta pauvre vie,
Après long travail et usaige[1],
Voicy la *mort* qui te convie.

Le quatrain en vieux français, placé au-dessous d'une composition d'Holbein[2], est d'une tristesse profonde dans sa naïveté. La gravure représente un laboureur conduisant sa charrue au milieu d'un champ. Une vaste campagne s'étend au loin, on y voit de pauvres cabanes; le soleil se couche derrière la colline. C'est la fin d'une rude journée de travail. Le paysan est vieux, trapu, couvert de haillons. L'attelage de quatre chevaux qu'il pousse en avant est maigre, exténué; le soc s'enfonce dans un fonds[3] raboteux et rebelle. Un seul être est allègre et ingambe dans cette scène de *sueur et usaige*. C'est un personnage fantastique, un squelette armé d'un fouet, qui court dans le sillon à côté des chevaux effrayés et les frappe, servant ainsi de valet de charrue au vieux laboureur. C'est la mort, ce spectre qu'Holbein a introduit allégoriquement dans la succession de sujets philosophiques et religieux, à la fois lugubres et bouffons, intitulée *les Simulachres de la mort*.

Dans cette collection, ou plutôt dans cette vaste composition où la mort, jouant son rôle à toutes les pages, est le lien et la pensée dominante, Holbein a fait comparaître les souverains, les pontifes, les amants, les joueurs, les ivrognes, les nonnes, les courtisanes, les brigands, les pauvres, les guerriers, les moines, les juifs, les voyageurs, tout le monde de son temps et du nôtre; et partout le spectre de la mort

---

1. *Usage* signifie ici « pratique des choses, expérience », cf. Du Bellay : « Plein d'usage et raison »; **2.** *Hans Holbein*, peintre, né à Augsbourg, en 1497, mort à Londres en 1543. Portraitiste de grande valeur, il est surtout connu par sa fameuse série de fresques — *la Danse macabre* — peinte sur les murs d'un cimetière de Bâle et par une autre série de sujets macabres, intitulée l'*Alphabet de la Mort* ou *Simulacre de la Mort* ; **3.** *Fonds* : sol (*fundus*).

raille, menace et triomphe. D'un seul tableau elle est absente. C'est celui où le pauvre Lazare[1], couché sur un fumier à la porte du riche, déclare qu'il ne la craint pas, sans doute parce qu'il n'a rien à perdre et que sa vie est une mort anticipée.

Cette pensée stoïcienne du christianisme demi-païen de la Renaissance est-elle bien consolante, et les âmes religieuses y trouvent-elles leur compte ? L'ambitieux, le fourbe, le tyran, le débauché, tous ces pécheurs superbes[2] qui abusent de la vie, et que la mort tient par les cheveux, vont être punis, sans doute ; mais l'aveugle, le mendiant, le fou, le pauvre paysan, sont-ils dédommagés de leur longue misère par la seule réflexion que la mort n'est pas un mal pour eux ? Non ! Une tristesse implacable, une effroyable fatalité pèse sur l'œuvre de l'artiste. Cela ressemble à une malédiction amère lancée sur le sort de l'humanité.

C'est bien là la satire douloureuse, la peinture vraie de la société qu'Holbein avait sous les yeux. Crime et malheur, voilà ce qui le frappait ; mais nous, artistes d'un autre siècle, que peindrons-nous ? Chercherons-nous dans la pensée de la mort la rémunération[3] de l'humanité présente ? l'invoquerons-nous comme le châtiment de l'injustice et le dédommagement de la souffrance ?

Non, nous n'avons plus affaire à la mort, mais à la vie. Nous ne croyons plus ni au néant de la tombe, ni au salut acheté par un renoncement forcé ; nous voulons que la vie soit bonne, parce que nous voulons qu'elle soit féconde. Il faut que Lazare quitte son fumier, afin que le pauvre ne se réjouisse plus de la mort du riche. Il faut que tous soient heureux, afin que le bonheur de quelques-uns ne soit pas criminel et maudit de Dieu. Il faut que le laboureur, en semant son blé, sache qu'il travaille à l'œuvre de vie, et non qu'il se réjouisse de ce que la mort marche à ses côtés. Il faut enfin que la mort ne soit plus ni le châtiment de la

---

1. *Lazare* est un lépreux qui mendie à la porte d'un riche : lorsqu'il meurt, il est emporté par les anges, tandis que le riche est enseveli au fond de l'enfer (parabole de l'*Evangile de saint Luc*) ; **2.** Le stoïcisme, fondé par Zénon (philosophe grec du IVe siècle avant J.-C.), prêchait l'indifférence aux circonstances extérieures : fortune, santé, douleur. En ce qui concerne le mépris de la mort, voyez *De vita beata*, de Sénèque le Philosophe (2-66), qui professait le système de Zénon ; **3.** George Sand entend par là que le retour à la culture antique avait altéré la pureté des croyances et des pratiques chrétiennes. Elle voit juste, car il ne faut pas oublier que la Réforme, qui coïncide avec la Renaissance, fut d'abord un mouvement destiné à ramener les fidèles à une pratique plus stricte du christianisme, et proscrivait, au surplus, le retour à l'antiquité païenne ; **4.** Orgueilleux ; **5.** Paiement, au sens absolu.

prospérité, ni la consolation de la détresse. Dieu ne l'a destinée ni à punir, ni à dédommager de la vie; car il a béni
la vie, et la tombe ne doit pas être un refuge où il soit permis
d'envoyer ceux qu'on ne veut pas rendre heureux[1].

Certains artistes de notre temps, jetant un regard sérieux[2]
sur ce qui les entoure, s'attachent à peindre la douleur,
l'abjection de la misère, le fumier de Lazare. Ceci peut être
du domaine de l'art et de la philosophie; mais en peignant
la misère si laide, si avilie, parfois si vicieuse et si criminelle,
leur but est-il atteint, et l'effet en est-il salutaire, comme ils
le voudraient? Nous n'osons pas nous prononcer là-dessus.
On peut nous dire qu'en montrant ce gouffre creusé sous
le sol fragile de l'opulence, ils effraient le mauvais riche,
comme, au temps de la *danse macabre*, on lui montrait
sa fosse béante et la Mort prête à l'enlacer dans ses bras
immondes. Aujourd'hui on lui montre le bandit crochetant
sa porte et l'assassin guettant son sommeil[3]. Nous confessons
que nous ne comprenons pas trop comment on le réconci-
liera avec l'humanité qu'il méprise, comment on le rendra
sensible aux douleurs du pauvre qu'il redoute, en lui montrant ce pauvre sous la forme du forçat évadé et du rôdeur
de nuit. L'affreuse Mort, grinçant des dents et jouant du
violon dans les images d'Holbein et de ses devanciers[4], n'a
pas trouvé moyen, sous cet aspect, de convertir les pervers et
de consoler les victimes. Est-ce que notre littérature ne pro-
céderait pas un peu en ceci comme les artistes du moyen âge
et de la Renaissance?

Les buveurs d'Holbein remplissent leurs coupes avec une
sorte de fureur pour écarter l'idée de la mort, qui, invisible
pour eux, leur sert d'échanson[5]. Les mauvais riches d'aujour-
d'hui demandent des fortifications et des canons pour écarter
l'idée d'une jacquerie[6], que l'art leur montre travaillant dans
l'ombre, en détail, en attendant le moment de fondre sur

---

1. On sent dans ce développement l'influence de Pierre Leroux (1797-1871), qui prônait une sorte de réforme religieuse et sociale basée sur le christianisme : « La démocratie ne sera réalisée que par une nouvelle ère religieuse, dont le christianisme, au surplus, est la prophétie. » (Préface de : *Du christianisme et de son origine démocratique*, deux écrits de Pierre Leroux, réédités en 1848, mais qui avaient été publiés douze ans plus tôt dans *l'Encyclopédie nouvelle*); **2.** *Sérieux* : qui ne voit que les tristesses et les laideurs de la vie. George Sand fait allusion, d'une manière générale, aux artistes de l'école réaliste; **3.** Allusion aux romans d'Eugène Sue (1804-1857), et en particulier aux *Mystères de Paris*, publiés en 1842-1843; **4.** Holbein ne fut pas le premier auteur de *Danses macabres*. Il eut des devanciers, surtout au XIVᵉ siècle; **5.** *Échanson* : mot noble pour désigner le personnage qui sert à boire; **6.** *La Jacquerie* fut un soulèvement de paysans, ou *Jacques*, de l'Ile-de-France contre la noblesse, qui éclata le 28 mai 1358 et fut sévèrement réprimée. Par extension, ce mot désigne toute révolte de paysans ou d'ouvriers.

l'état social. L'Église du moyen âge répondait aux terreurs des puissants de la terre par la vente des indulgences. Le gouvernement d'aujourd'hui[1] calme l'inquiétude des riches en leur faisant payer beaucoup de gendarmes et de geôliers, de baïonnettes et de prisons.

Albert Dürer, Michel-Ange, Holbein, Callot, Goya[2], ont fait de puissantes satires des maux de leur siècle et de leur pays. Ce sont des œuvres immortelles, des pages historiques d'une valeur incontestable ; nous ne voulons donc pas dénier aux artistes le droit de sonder les plaies de la société et de les mettre à nu sous nos yeux ; mais n'y a-t-il pas autre chose à faire maintenant que la peinture d'épouvante et de menace ? Dans cette littérature de mystères d'iniquité[3], que le talent et l'imagination ont mise à la mode, nous aimons mieux les figures douces et suaves que les scélérats à effet dramatique. Celles-là peuvent entreprendre et amener des conversions ; les autres font peur, et la peur ne guérit pas l'égoïsme, elle l'augmente.

Nous croyons que la mission de l'art est une mission de sentiment et d'amour, que le roman d'aujourd'hui devrait remplacer la parabole et l'apologue des temps naïfs, et que l'artiste a une tâche plus large et plus poétique[4] que celle de proposer quelques mesures de prudence et de conciliation pour atténuer l'effroi qu'inspirent ses peintures. Son but devrait être de faire aimer les objets de sa sollicitude, et, au besoin, je ne lui ferais pas un reproche de les embellir un peu. L'art n'est pas une étude de la réalité positive ; c'est une recherche de la vérité idéale, et *le Vicaire de Wakefield* fut un livre plus utile et plus sain à l'âme que *le Paysan perverti* et *les Liaisons dangereuses*[5].

Lecteur, pardonnez-moi ces réflexions, et veuillez les accepter en manière de préface. Il n'y en aura point dans l'historiette que je vais vous raconter, et elle sera si courte

1. Celui de Louis-Philippe et de son ministre Guizot. Au moment où parut la *Mare au Diable*, des élections générales, très favorables au parti conservateur, ne laissaient guère prévoir la révolution de 1848 ; 2. *Albert Dürer* (1471-1528) : peintre et graveur allemand ; *Michel-Ange* (1475-1564) : puissant génie universel, peintre, sculpteur, architecte, poète ; il construisit la coupole de Saint-Pierre de Rome et peignit, dans la chapelle Sixtine, la fameuse fresque du *Jugement dernier* ; *Holbein*, cf. p. 13, note 2 ; *Callot* (1595-1635) : graveur et peintre français, auteur des *Misères de la guerre* ; *Goya* (1746-1828) : peintre et graveur espagnol, qui peignit aussi des scènes de guerre ; 3. *Dans cette littérature...* où l'iniquité atteint un tel degré qu'elle en devient inexplicable ; 4. *Élevée* ; 5. *Le Vicaire de Wakefield* (1766) : roman de Goldsmith (1728-1774), à tendances moralisatrices ; *le Paysan perverti* (1776) : roman de Restif de la Bretonne (1734-1806), œuvre licencieuse ainsi que *les Liaisons dangereuses* (1782) de Choderlos de Laclos (1741-1803).

et si simple que j'avais besoin de m'en excuser d'avance, en vous disant ce que je pense des histoires terribles.

C'est à propos d'un laboureur que je me suis laissé entraîner à cette digression. C'est l'histoire d'un laboureur précisément que j'avais l'intention de vous dire et que je vous dirai tout à l'heure.

II

LE LABOUR

Je venais de regarder longtemps et avec une profonde mélancolie le laboureur d'Holbein, et je me promenais dans la campagne, rêvant à la vie des champs et à la destinée du cultivateur. Sans doute il est lugubre[1] de consumer ses forces et ses jours à fendre le sein de cette terre jalouse[2], qui se fait arracher les trésors de sa fécondité, lorsqu'un morceau de[3] pain le plus noir et le plus grossier est, à la fin de la journée, l'unique récompense et l'unique profit attachés à un si dur labeur. Ces richesses qui couvrent le sol, ces moissons, ces fruits, ces bestiaux orgueilleux[4] qui s'engraissent dans les longues herbes, sont la propriété de quelques-uns et les instruments de la fatigue et de l'esclavage du plus grand nombre. L'homme de loisir n'aime en général pour eux-mêmes, ni les champs, ni les prairies, ni le spectacle de la nature, ni les animaux superbes[5] qui doivent se convertir en pièces d'or pour son usage. L'homme de loisir vient chercher un peu d'air et de santé dans le séjour de la campagne, puis il retourne dépenser dans les grandes villes le fruit du travail de ses vassaux[6].

De son côté, l'homme du travail est trop accablé, trop malheureux, et trop effrayé de l'avenir, pour jouir de la beauté des campagnes et des charmes de la vie rustique. Pour lui aussi les champs dorés, les belles prairies, les animaux superbes, représentent des sacs d'écus dont il n'aura qu'une faible part, insuffisante à ses besoins, et que[7] pourtant, il faut remplir, chaque année, ces sacs maudits, pour satisfaire le maître et payer le droit de vivre parcimonieusement et misérablement sur son domaine.

---

1. Qui inspire les larmes (de *lugere*, pleurer); **2.** Qui veut conserver ses trésors; **3.** ... *Lorsqu'un morceau du pain le plus noir...*; **4.** Grands et forts; **5.** Même sens que *orgueilleux* (*superbus*); **6.** Ce mot est employé à dessein dans le sens qu'il avait sous la féodalité; **7.** *Et que...* Construire ainsi la phrase : *et que, ces sacs maudits, pourtant il faut remplir...*

Et pourtant, la nature est éternellement jeune, belle et généreuse. Elle verse la poésie et la beauté à tous les êtres, à toutes les plantes, qu'on laisse s'y développer à souhait. Elle possède le secret du bonheur, et nul n'a su le lui ravir. Le plus heureux des hommes serait celui qui, possédant la science[1] de son labeur, et travaillant de ses mains[2], puisant le bien-être et la liberté dans l'exercice de sa force intelligente, aurait le temps de vivre par le cœur et par le cerveau, de comprendre son œuvre et d'aimer celle de Dieu. L'artiste a des jouissances de ce genre dans la contemplation et la reproduction des beautés de la nature; mais, en voyant la douleur des hommes qui peuplent ce paradis de la terre, l'artiste au cœur droit et humain est troublé au milieu de sa jouissance. Le bonheur serait là où, l'esprit, le cœur et les bras travaillant de concert sous l'œil de la Providence[3], une sainte harmonie existerait entre la munificence de Dieu et les ravissements[4] de l'âme humaine. C'est alors qu'au lieu de la piteuse[5] et affreuse mort, marchant dans son[6] sillon, le fouet à la main, le peintre d'allégories pourrait placer à ses côtés un ange radieux, semant à pleines mains le blé béni sur le sillon fumant[7].

Et le rêve d'une existence douce, libre, poétique[8], laborieuse et simple pour l'homme des champs, n'est pas si difficile à concevoir qu'on doive le reléguer parmi les chimères. Le mot triste et doux de Virgile : « O heureux l'homme des champs, s'il connaissait son bonheur[9] ! » est un regret; mais, comme tous les regrets, c'est aussi une prédiction. Un jour viendra où le laboureur pourra être aussi un artiste, sinon pour exprimer (ce qui importera assez peu alors), du moins pour sentir le beau. Croit-on que cette mystérieuse intuition[10] de la poésie ne soit pas en lui déjà à l'état d'instinct et de vague rêverie ? Chez ceux qu'un peu d'aisance protège dès aujourd'hui, et chez qui l'excès du malheur n'étouffe pas tout développement moral et intel-

---

1. La notion de la beauté de son labeur; **2.** Il s'agit ici réellement du travail manuel, dont George Sand, après J.-J. Rousseau, souligne l'utilité et la dignité. Relisez, à ce propos, les dernières pages du *Meunier d'Angibault*, publié un an avant *la Mare au Diable*; **3.** Il faut donner à ce terme, non point le sens très précis que lui attribuent les catholiques, mais la signification plus confuse que l'on commence à trouver chez les philosophes du XVIIIe siècle, partisans de la « religion naturelle », et surtout chez les néo-chrétiens du XIXe, personnifiés par Pierre Leroux; **4.** Sentiment de joie et d'admiration; **5.** Qui inspire la pitié; **6.** Le possessif doit être appliqué à un substantif qui n'est point exprimé dans cette phrase ni dans celles qui la précèdent : le laboureur, l'homme de travail; **7.** La terre entr'ouverte par la charrue laisse parfois exhaler une légère vapeur; **8.** Capable d'inspirer des sentiments élevés; **9.** *O fortunatos nimium, sua si bona norint, agricolas* » (*Géorgiques*, II, 458-459); **10.** Connaissance spontanée.

lectuel, le bonheur pur, senti et apprécié, est à l'état élémen-
taire[1]; et, d'ailleurs, si[2] du sein de la douleur et de la fatigue,
des voix de poètes[3] se sont déjà élevées, pourquoi dirait-on
que le travail des bras est exclusif des fonctions de l'âme?
Sans doute cette exclusion est le résultat d'un travail excessif
et d'une misère profonde; mais qu'on ne dise pas que, quand
l'homme travaillera modérément et utilement, il n'y aura
plus que de mauvais ouvriers et de mauvais poètes[4]. Celui
qui puise de nobles jouissances dans le sentiment de la
poésie est un vrai poète, n'eût-il pas fait un vers dans toute
sa vie.

Mes pensées avaient pris ce cours, et je ne m'apercevais
pas que cette confiance dans l'éducabilité[5] de l'homme était
fortifiée en moi par les influences extérieures. Je marchais
sur la lisière d'un champ que des paysans étaient en train
de préparer pour la semaille prochaine. L'arène[6] était vaste
comme celle du tableau d'Holbein. Le paysage était vaste
aussi et encadrait de grandes lignes de verdure, un peu rougie
aux approches de l'automne, ce large terrain d'un brun
vigoureux[7] où des pluies récentes avaient laissé, dans
quelques sillons, des lignes d'eau que le soleil faisait briller
comme de minces filets d'argent. La journée était claire et
tiède, et la terre, fraîchement ouverte par le tranchant des
charrues, exhalait une vapeur légère. Dans le haut du champ,
un vieillard, dont le dos large et la figure sévère[8] rappelaient
celui d'Holbein, mais dont les vêtements n'annonçaient pas
la misère, poussait gravement son *areau*[9] de forme antique,
traîné par deux bœufs tranquilles, à la robe d'un jaune pâle,
véritables patriarches de la prairie, hauts de taille, un peu
maigres, les cornes longues et rabattues, de ces vieux tra-
vailleurs qu'une longue habitude a rendus *frères*, comme on
les appelle dans nos campagnes, et qui, privés l'un de l'autre,
se refusent au travail avec un nouveau compagnon et se
laissent mourir de chagrin[10]. Les gens qui ne connaissent

---

1. Le bonheur existe avec tous ses éléments et peut être développé; **2.** *Si* : étant donné
que...; **3.** George Sand fait allusion à quelques poètes « prolétaires », le maçon Charles Poncy,
le serrurier Magu, le serrurier Gilland, etc., qui n'ont point laissé de traces sensibles dans
l'histoire de la poésie française; **4.** Ici le mot *poètes* désigne les versificateurs; dans la phrase
suivante, il s'appliquera aux individus capables de goûter la poésie : ce sont deux états absolument différents, que G. Sand confond volontairement; **5.** Ce terme était alors un néologisme;
6. Le terrain où travaillent les laboureurs; **7.** Accentué; **8.** Sérieuse; **9.** Forme ancienne de
araire, charrue (*aratrum*). L'*areau* est une charrue sans roues, avec un soc de fer muni d'oreilles
en bois; **10.** Cf. Virgile (*Géorgiques*, III, 517-518) : « *It tristis arator, Mœerentem abjungens
fraterna morte juvencum...* : Tristement, le laboureur va dételer le jeune taureau affligé de la
mort de son frère. »

pas la campagne taxent de fable l'amitié du bœuf pour son camarade d'attelage. Qu'ils viennent voir au fond de l'étable un pauvre animal maigre, exténué, battant de sa queue inquiète[1] ses flancs décharnés, soufflant avec effroi et dédain sur la nourriture qu'on lui présente, les yeux toujours tournés vers la porte, en grattant du pied la place vide à ses côtés, flairant les jougs et les chaînes que son compagnon a portés, et l'appelant sans cesse avec de déplorables[2] mugissements. Le bouvier dira : « C'est une paire de bœufs perdue; son frère est mort, et celui-là ne travaillera plus. Il faudrait pouvoir l'engraisser pour l'abattre; mais il ne veut pas manger, et bientôt il sera mort de faim. »

Le vieux laboureur travaillait lentement, en silence, sans efforts inutiles. Son docile attelage ne se pressait pas plus que lui; mais, grâce à la continuité d'un labeur sans distraction et d'une dépense de forces éprouvées[3] et soutenues, son sillon était aussi vite creusé que celui de son fils, qui menait, à quelque distance, quatre bœufs moins robustes, dans une veine de terres[4] plus fortes[5] et plus pierreuses.

Mais ce qui attira ensuite mon attention était véritablement un beau spectacle, un noble sujet pour un peintre[6]. A l'autre extrémité de la plaine labourable, un jeune homme de bonne mine[7] conduisait un attelage magnifique : quatre paires de jeunes animaux à robe sombre mêlée de noir fauve à reflets de feu, avec ces têtes courtes et frisées qui sentent[8] encore le taureau sauvage, ces gros yeux farouches, ces mouvements brusques, ce travail nerveux et saccadé qui s'irrite encore du joug et de l'aiguillon et n'obéit qu'en frémissant de colère à la domination nouvellement imposée. C'est ce qu'on appelle des bœufs *fraîchement*[9] liés. L'homme qui les gouvernait avait à défricher un coin naguère abandonné au pâturage et rempli de souches séculaires, travail d'athlète auquel suffisaient à peine son énergie, sa jeunesse et ses huit animaux quasi indomptés.

Un enfant de six à sept ans, beau comme un ange, et les épaules couvertes, sur sa blouse, d'une peau d'agneau qui le faisait ressembler au petit saint Jean-Baptiste des peintres

---

1. Qui bouge sans cesse; 2. Qui provoquent les pleurs; 3. Que l'on connaît par expérience; 4. *Veine de terres :* portion de terre, souvent plus longue que large, d'une nature différente de celle qui l'environne; 5. Grasses et difficiles à labourer; 6. Trois ans après *la Mare au Diable*, Rosa Bonheur terminait son tableau : *le Labourage nivernais ;* 7. De bonne apparence; 8. Indiquent; 9. Récemment.

de la Renaissance[1], marchait dans le sillon parallèle à la charrue et piquait le flanc des bœufs avec une gaule longue et légère, armée d'un aiguillon peu acéré. Les fiers[2] animaux frémissaient sous la petite main de l'enfant, et faisaient grincer les jougs et les courroies liés à leur front, en imprimant au timon de violentes secousses. Lorsqu'une racine arrêtait le soc, le laboureur criait d'une voix puissante, appelant chaque bête par son nom, mais plutôt pour calmer que pour exciter, car les bœufs, irrités par cette brusque résistance, bondissaient, creusaient la terre de leurs larges pieds fourchus, et se seraient jetés de côté, emportant l'areau à travers champs, si, de la voix et de l'aiguillon, le jeune homme n'eût maintenu les quatre premiers, tandis que l'enfant gouvernait les quatre autres. Il criait aussi, le pauvret, d'une voix qu'il voulait rendre terrible et qui restait douce comme sa figure angélique. Tout cela était beau de force ou de grâce[3] : le paysage, l'homme, l'enfant, les taureaux sous le joug ; et, malgré cette lutte puissante, où la terre était vaincue, il y avait un sentiment de douceur et de calme profond qui planait sur toutes choses. Quand l'obstacle était surmonté et que l'attelage reprenait sa marche égale et solennelle[4], le laboureur, dont la feinte violence n'était qu'un exercice de vigueur et une dépense d'activité, reprenait tout à coup la sérénité des âmes simples et jetait un regard de contentement paternel sur son enfant, qui se retournait pour lui sourire. Puis la voix mâle de ce jeune père de famille entonnait le chant[5] solennel et mélancolique que l'antique tradition du pays transmet, non à tous les laboureurs indistinctement, mais aux plus consommés dans l'art d'exciter et de soutenir l'ardeur des bœufs de travail. Ce chant, dont l'origine fut peut-être considérée comme sacrée, et auquel de mystérieuses influences ont dû être attribuées jadis, est réputé encore aujourd'hui posséder la vertu[6] d'entretenir le courage de ces animaux, d'apaiser leurs mécontentements et de charmer l'ennui de leur longue besogne. Il ne suffit pas de savoir bien les conduire en traçant un sillon parfaitement rectiligne, de leur alléger la peine en

---

1. *Saint Jean-Baptiste*, appelé aussi le *Précurseur*, annonça la venue du Christ, et fut décapité vers l'an 31, sur la demande de Salomé. Un tableau de Léonard de Vinci le représente, enfant, à côté de l'enfant Jésus ; 2. Ces animaux *fiers*, c'est-à-dire orgueilleux de leur force, supportent avec peine d'être conduits par un enfant ; 3. La *force* est représentée par les taureaux et le laboureur ; la *grâce* par l'enfant et aussi par les lignes du paysage ; 4. Parce qu'elle est lente ; 5. Chanter ainsi s'appelle *brioler*, en langage berrichon ; 6. Le privilège, le mérite.

soulevant ou enfonçant à point le fer dans la terre : on n'est point un parfait laboureur si on ne sait chanter aux bœufs, et c'est là une science à part qui exige un goût et des moyens particuliers.

Ce chant n'est, à vrai dire, qu'une sorte de récitatif[1] interrompu et repris à volonté. Sa forme irrégulière et ses intonations fausses selon les règles de l'art musical le rendent intraduisible[2]. Mais ce n'en est pas moins un beau chant, et tellement approprié à la nature du travail qu'il accompagne, à l'allure du bœuf, au calme des lieux agrestes, à la simplicité des hommes qui le disent, qu'aucun génie étranger au travail de la terre ne l'eût inventé, et qu'aucun chanteur autre qu'un *fin[3] laboureur* de cette contrée ne saurait le redire. Aux époques de l'année où il n'y a pas d'autre travail et d'autre mouvement dans la campagne que celui du labourage, ce chant si doux et si puissant monte comme une voix de la brise, à laquelle sa tonalité[4] particulière donne une certaine ressemblance. La note finale de chaque phrase, tenue[5] et tremblée avec une longueur et une puissance d'haleine incroyables, monte d'un quart de ton[6] en faussant[7] systématiquement. Cela est sauvage, mais le charme en est indicible, et quand on s'est habitué à l'entendre, on ne conçoit pas qu'un autre chant pût s'élever à ces heures et dans ces lieux-là, sans en déranger l'harmonie[8].

Il se trouvait donc que j'avais sous les yeux un tableau qui contrastait avec celui d'Holbein, quoique ce fût une scène pareille. Au lieu d'un triste vieillard, un homme jeune et dispos ; au lieu d'un attelage de chevaux efflanqués et harassés, un double quadrige[9] de bœufs robustes et ardents ; au lieu de la mort, un bel enfant ; au lieu d'une image de désespoir et d'une idée de destruction, un spectacle d'énergie et une pensée de bonheur.

C'est alors que le quatrain français :

A la sueur de ton visaige, etc.,

1. Sorte de chant qui imite la déclamation et qui n'est point soumis à la mesure ; **2.** Impossible à noter en signes musicaux ; **3.** *Fin* se dit d'un individu qui excelle dans l'exercice de sa profession ; **4.** *Tonalité :* on ne peut donner ici à ce mot le sens précis qu'il possède en musique (la gamme dans laquelle un air est composé). Traduisez par accent, intonation ; **5.** Soutenue ; **6.** Le *ton* est le plus grand intervalle entre deux notes de la gamme : il se divise en neuf parties appelées *commas. Le quart de ton* n'est sensible que sur les instruments à cordes ; **7.** En chantant faux ; **8.** L'accord de tous les éléments qui composent ce tableau. Ici, ce mot n'évoque aucune idée musicale. Pour éviter la confusion, il eût été préférable que George Sand en employât un autre ; **9.** Dans l'antiquité, char attelé de quatre chevaux *de front.* Ici, les *huit* bêtes du *double* quadrige sont attelées par paires placées les unes derrière les autres. L'image employée par George Sand n'est donc pas absolument exacte.

et le « *O fortunatos... agricolas* » de Virgile[1] me revinrent
ensemble à l'esprit, et qu'en voyant ce couple si beau,
l'homme et l'enfant, accomplir dans des conditions si poé-
tiques, et avec tant de grâce unie à la force, un travail plein
de grandeur et de solennité, je sentis une pitié profonde
mêlée à un respect involontaire. Heureux le laboureur ! oui,
sans doute, je le serais à sa place, si mon bras, devenu tout
d'un coup robuste, et ma poitrine, devenue puissante, pou-
vaient ainsi féconder et chanter la nature, sans que mes yeux
cessassent de voir et mon cerveau de comprendre l'harmonie[2]
des couleurs et des sons, la finesse des tons et la grâce des
contours, en un mot la beauté mystérieuse des choses ! et
surtout sans que mon cœur cessât d'être en relation avec le
sentiment divin qui a présidé à la création immortelle et
sublime[3].

Mais, hélas ! cet homme n'a jamais compris le mystère
du beau, cet enfant ne le comprendra jamais !... Dieu me
préserve de croire qu'ils ne soient pas supérieurs aux animaux qu'ils dominent, et qu'ils n'aient pas par instants
une sorte de révélation extatique qui charme[4] leur fatigue
et endort leurs soucis ! Je vois sur leurs nobles fronts le
sceau[5] du Seigneur, car ils sont nés rois de la terre bien mieux
que ceux qui la possèdent pour l'avoir payée. Et la preuve
qu'ils le sentent, c'est qu'on ne les dépayserait pas impu-
nément, c'est qu'ils aiment ce sol arrosé de leurs sueurs,
c'est que le vrai paysan meurt de nostalgie sous le harnais
du soldat, loin du champ qui l'a vu naître. Mais il manque
à cet homme une partie des jouissances que je possède,
jouissances immatérielles qui lui seraient bien dues, à lui,
l'ouvrier du vaste temple que le ciel est assez vaste pour
embrasser. Il lui manque la connaissance de son sentiment[6].
Ceux qui l'ont condamné à la servitude dès le ventre de sa
mère, ne pouvant lui ôter la rêverie, lui ont ôté la réflexion[7].

Eh bien ! tel qu'il est, incomplet et condamné à une éter-
nelle enfance[8], il est encore plus beau que celui chez qui
la science a étouffé le sentiment. Ne vous élevez pas au-
dessus de lui, vous autres qui vous croyez investis du droit

---

1. George Sand, dans son enfance, avait fait du latin avec son précepteur, Deschartres;
2. La combinaison étroite; **3.** Cette phrase — qui n'est pas parfaitement claire — constitue un
bon exemple du vocabulaire « néo-chrétien » de 1848; **4.** *Adoucit*; **5.** La marque que le
Seigneur imprime sur le front des rois qui tiennent leur autorité de Dieu; **6.** Faculté de sentir;
7. Le moyen d'interpréter ses sentiments et ses rêves; **8.** Ici, *enfance* est synonyme
d'ignorance.

légitime et imprescriptible[1] de lui commander, car cette erreur effroyable où vous êtes prouve que votre esprit a tué votre cœur, et que vous êtes les plus incomplets et les plus aveugles des hommes!... J'aime encore mieux cette simplicité de son âme que les fausses lumières de la vôtre; et si j'avais à raconter sa vie, j'aurais plus de plaisir à en faire ressortir les côtés doux et touchants, que vous n'avez de mérite à peindre l'abjection où les rigueurs et les mépris de vos préceptes sociaux peuvent le précipiter.

Je connaissais ce jeune homme et ce bel enfant, je savais leur histoire, car ils avaient une histoire, tout le monde a la sienne, et chacun pourrait intéresser[2] au roman de sa propre vie, s'il l'avait compris... Quoique paysan et simple laboureur, Germain s'était rendu compte de ses devoirs et de ses affections. Il me les avait racontés naïvement, clairement, et je l'avais écouté avec intérêt. Quand je l'eus regardé labourer assez longtemps, je me demandai pourquoi son histoire ne serait pas écrite, quoique ce fût une histoire aussi simple, aussi droite et aussi peu ornée que le sillon qu'il traçait avec sa charrue.

L'année prochaine, ce sillon sera comblé et couvert par un sillon nouveau. Ainsi s'imprime et disparaît la trace de la plupart des hommes dans le champ de l'humanité. Un peu de terre l'efface, et les sillons que nous avons creusés se succèdent les uns aux autres comme les tombes dans le cimetière. Le sillon du laboureur ne vaut-il pas celui de l'oisif, qui a pourtant un nom, un nom qui restera, si, par une singularité ou une absurdité quelconque, il fait un peu de bruit dans le monde?...

Eh bien! arrachons, s'il se peut, au néant de l'oubli le sillon de Germain, le *fin laboureur*. Il n'en saura rien et ne s'en inquiétera guère, mais j'aurai eu quelque plaisir à le tenter.

III

LE PÈRE MAURICE

« Germain, lui dit un jour son beau-père, il faut pourtant te décider à reprendre femme. Voilà bientôt deux ans que tu es veuf de ma fille, et ton aîné a sept ans. Tu approches de

---

1. Droit *imprescriptible*, droit qui subsiste toujours, même si on ne l'exerce pas; 2. Ce verbe est pris absolument.

la trentaine, mon garçon, et tu sais que, passé cet âge-là, dans nos pays, un homme est réputé trop vieux pour rentrer en ménage. Tu as trois beaux enfants, et jusqu'ici ils ne nous ont point embarrassés. Ma femme et ma bru les ont soignés de leur mieux, et les ont aimés comme elles le devaient. Voilà Petit-Pierre quasi élevé ; il pique déjà les bœufs assez gentiment ; il est assez sage pour garder les bêtes au pré, et assez fort pour mener les chevaux à l'abreuvoir. Ce n'est donc pas celui-là qui nous gêne ; mais les deux autres, que nous aimons pourtant, Dieu le sait, les pauvres innocents[1] nous donnent cette année beaucoup de souci. Ma bru est près d'accoucher, et elle en a encore un tout petit sur les bras. Quand celui que nous attendons sera venu, elle ne pourra plus s'occuper de ta petite Solange et surtout de ton Sylvain, qui n'a pas quatre ans et qui ne se tient guère en repos ni le jour ni la nuit. C'est un sang[2] vif comme toi : ça fera un bon ouvrier, mais ça fait un terrible enfant, et ma vieille ne court plus assez vite pour le rattraper quand il se sauve du côté de la fosse[3], ou quand il se jette sous les pieds des bêtes. Et puis, avec cet autre que ma bru va mettre au monde, son avant-dernier va retomber pendant un an au moins sur les bras de ma femme. Donc tes enfants nous inquiètent et nous surchargent. Nous n'aimons pas à voir des enfants mal soignés ; et quand on pense aux accidents qui peuvent leur arriver, faute de surveillance, on n'a pas la tête en repos. Il te faut donc une autre femme et à moi une autre bru. Songes-y, mon garçon. Je t'ai déjà averti plusieurs fois, le temps se passe, les années ne t'attendront point. Tu dois à tes enfants et à nous autres, qui voulons que tout aille bien dans la maison, de te marier au plus tôt.

— Eh bien, mon père, répondit le gendre, si vous le voulez absolument, il faudra donc vous contenter. Mais je ne veux pas vous cacher que cela me fera beaucoup de peine, et que je n'en ai guère plus envie que de me noyer. On sait qui on perd et on ne sait pas qui l'on trouve. J'avais une brave femme, une belle femme, douce, courageuse, bonne[4] à ses père et mère, bonne à son mari, bonne à ses enfants, bonne au travail, aux champs comme à la maison, adroite à l'ou-

---

1. *Innocents* se dit des enfants en bas âge ; **2.** *Sang* désigne l'ensemble des caractères physiologiques ; **3.** La fosse à purin, qui est profonde et à ras de terre ; **4.** *Bonne :* bien que construit avec la même préposition, cet adjectif change de sens au cours de la phrase ; il signifie d'abord : *pleine de bonté pour…* ; puis : *propre à…*

vrage, bonne à tout enfin ; et quand vous me l'avez donnée, quand je l'ai prise, nous n'avions pas mis dans nos conditions que je viendrais à l'oublier si j'avais le malheur de la perdre.

— Ce que tu dis là est d'un bon cœur, Germain, reprit le père Maurice ; je sais que tu as aimé ma fille, que tu l'as rendue heureuse, et que si tu avais pu contenter la mort en passant à sa place, Catherine serait en vie à l'heure qu'il est, et toi dans le cimetière. Elle méritait bien d'être aimée de toi à ce point-là, et si tu ne t'en consoles pas, nous ne nous en consolons pas non plus. Mais je ne te parle pas de l'oublier. Le bon Dieu a voulu qu'elle nous quittât, et nous ne passons pas un jour sans lui faire savoir par nos prières, nos pensées, nos paroles et nos actions, que nous respectons son souvenir et que nous sommes fâchés de son départ. Mais si elle pouvait te parler de l'autre monde et te donner à connaître sa volonté, elle te commanderait de chercher une mère pour ses petits orphelins. Il s'agit donc de rencontrer une femme qui soit digne de la remplacer. Ce ne sera pas bien aisé ; mais ce n'est pas impossible ; et quand nous te l'aurons trouvée, tu l'aimeras comme tu aimais ma fille, parce que tu es un honnête homme, et que tu lui sauras gré de nous rendre service et d'aimer tes enfants.

— C'est bien, père Maurice, dit Germain, je ferai votre volonté comme je l'ai toujours faite.

— C'est une justice à te rendre, mon fils, que tu as toujours écouté l'amitié et les bonnes raisons de ton chef de famille. Avisons donc ensemble au choix de ta nouvelle femme. D'abord je ne suis pas d'avis que tu prennes une jeunesse[1]. Ce n'est pas ce qu'il te faut. La jeunesse est légère ; et comme c'est un fardeau d'élever trois enfants, surtout quand ils sont d'un autre lit, il faut une bonne âme bien sage, bien douce et très portée au travail. Si ta femme n'a pas environ le même âge que toi, elle n'aura pas assez de raison pour accepter un pareil devoir. Elle te trouvera trop vieux et tes enfants trop jeunes. Elle se plaindra et tes enfants pâtiront[2].

— Voilà justement ce qui m'inquiète, dit Germain. Si ces pauvres petits venaient à être maltraités, haïs, battus ?

— A Dieu ne plaise ! reprit le vieillard. Mais les méchantes femmes sont plus rares dans notre pays que les bonnes, et

---

1. Ici, ce mot désigne une femme jeune : un peu plus loin, l'état lui-même de la jeunesse ;
2. Souffriront (lat. *pati*).

il faudrait être fou pour ne pas mettre la main sur celle qui convient.

— C'est vrai, mon père : il y a de bonnes filles dans notre village. Il y a la Louise, la Sylvaine, la Claudie, la Marguerite... enfin, celle que vous voudrez.

— Doucement, doucement, mon garçon, toutes ces filles-là sont trop jeunes ou trop pauvres... ou trop jolies filles ; car, enfin, il faut penser à cela aussi, mon fils. Une jolie femme n'est pas toujours aussi rangée qu'une autre.

— Vous voulez donc que j'en prenne une laide ? dit Germain un peu inquiet.

— Non point laide, car cette femme te donnera d'autres enfants, et il n'y a rien de si triste que d'avoir des enfants laids, chétifs et malsains. Mais une femme encore fraîche, d'une bonne santé et qui ne soit ni belle ni laide, ferait très bien ton affaire.

— Je vois bien, dit Germain en souriant un peu tristement, que, pour l'avoir telle que vous la voulez, il faudra la faire faire exprès : d'autant plus que vous ne la voulez point pauvre, et que les riches ne sont pas faciles à obtenir, surtout pour un veuf.

— Et si elle était veuve elle-même, Germain ? là[1], une veuve sans enfants et avec un bon bien ?

— Je n'en connais pas pour le moment dans notre paroisse.

— Ni moi non plus, mais il y en a ailleurs.

— Vous avez quelqu'un en vue, mon père ; alors, dites-le tout de suite. »

IV

GERMAIN LE FIN LABOUREUR

« Oui, j'ai quelqu'un en vue, répondit le père Maurice. C'est une Léonard, veuve d'un Guérin, qui demeure à Fourche[2].

— Je ne connais ni la femme ni l'endroit, répondit Germain, résigné, mais de plus en plus triste.

— Elle s'appelle Catherine, comme ta défunte[3].

---

1. Explétivement, *là* se dit quand on insiste sur quelque circonstance pour éveiller l'attention de la personne à qui l'on parle ; 2. L'action de *la Mare au Diable* se passe dans la région comprise entre La Châtre et Ardentes. La topographie de George Sand est naturellement exacte. On en trouvera le détail dans une brochure de A. Touratier, *la Mare au Diable*, publiée à La Châtre, en 1912 ; 3. Sous-entendu : femme. *Défunte* est ici adjectif, et non substantif.

— Catherine ? Oui, ça me fera plaisir d'avoir à dire ce nom-là : Catherine ! Et pourtant, si je ne peux pas l'aimer autant que l'autre, ça me fera encore plus de peine, ça me la rappellera plus souvent.

— Je te dis que tu l'aimeras : c'est une bon sujet, une femme de grand cœur ; je ne l'ai pas vue depuis longtemps, elle n'était pas laide fille alors ; mais elle n'est plus jeune, elle a trente-deux ans. Elle est d'une bonne famille, tous braves gens, et elle a bien pour huit ou dix mille francs de terres, qu'elle vendrait volontiers pour en acheter d'autres dans l'endroit où elle s'établirait ; car elle songe aussi à se remarier, et je sais que, si ton caractère lui convenait, elle ne trouverait pas ta position mauvaise.

— Vous avez donc déjà arrangé tout cela ?

— Oui, sauf votre avis à tous les deux ; et c'est ce qu'il faudrait vous demander l'un à l'autre, en faisant connaissance. Le père de cette femme-là est un peu mon parent, et il a été beaucoup mon ami. Tu le connais bien, le père Léonard ?

— Oui, je l'ai vu vous parler dans les foires, et à la dernière, vous avez déjeuné ensemble ; c'est donc de cela qu'il vous entretenait si longuement ?

— Sans doute ; il te regardait vendre tes bêtes et il trouvait que tu t'y prenais bien, que tu étais un garçon de bonne mine, que tu paraissais actif et entendu ; et quand je lui eus dit tout ce que tu es et comme tu te conduis bien avec nous, depuis huit ans que nous vivons et travaillons ensemble, sans avoir jamais eu un mot de chagrin ou de colère, il s'est mis dans la tête de te faire épouser sa fille ; ce qui me convient aussi, je te le confesse, d'après la bonne renommée qu'elle a, d'après l'honnêteté de sa famille et les bonnes affaires où je sais qu'ils sont.

— Je vois, père Maurice, que vous tenez un peu aux bonnes affaires.

— Sans doute, j'y tiens. Est-ce que tu n'y tiens pas aussi ?

— J'y tiens si vous voulez, pour vous faire plaisir ; mais vous savez que, pour ma part, je ne m'embarrasse jamais de ce qui me revient ou de ce qui ne me revient pas dans nos profits. Je ne m'entends pas à faire des partages, et ma tête n'est pas bonne pour ces choses-là[1]. Je connais la terre, je

---

1. George Sand attribue à Germain sa propre inaptitude aux affaires.

connais les bœufs, les chevaux, les attelages, les semences, la battaison[1], les fourrages. Pour les moutons, la vigne, le jardinage, les menus profits et la culture fine[2], vous savez que ça regarde votre fils et que je ne m'en mêle pas beaucoup. Quant à l'argent, ma mémoire est courte, et j'aimerais mieux tout céder que de disputer sur le tien et le mien. Je craindrais de me tromper et de réclamer ce qui ne m'est pas dû, et si les affaires n'étaient pas simples et claires, je ne m'y retrouverais jamais.

— C'est tant pis, mon fils, et voilà pourquoi j'aimerais que tu eusses une femme de tête pour me remplacer quand je n'y serai plus. Tu n'as jamais voulu voir clair dans nos comptes, et ça pourrait t'amener du désagrément avec mon fils, quand vous ne m'aurez plus pour vous mettre d'accord et vous dire ce qui vous revient à chacun.

— Puissiez-vous vivre longtemps, père Maurice! Mais ne vous inquiétez pas de ce qui sera après vous; jamais je ne me disputerai avec votre fils. Je me fie à Jacques comme à vous-même, et comme je n'ai pas de bien à moi, que tout ce qui peut me revenir provient de votre fille et appartient à nos enfants, je peux être tranquille et vous aussi; Jacques ne voudrait pas dépouiller les enfants de sa sœur pour les siens, puisqu'il les aime quasi autant les uns que les autres.

— Tu as raison en cela, Germain. Jacques est un bon fils, un bon frère et un homme qui aime la vérité[3]. Mais Jacques peut mourir avant toi, avant que vos enfants soient élevés, et il faut toujours songer, dans une famille, à ne pas laisser des mineurs sans un chef pour les bien conseiller et régler leurs différends. Autrement les gens de loi s'en mêlent, les brouillent ensemble et leur font tout manger en procès. Ainsi donc, nous ne devons pas penser à mettre chez nous une personne de plus, soit homme, soit femme, sans nous dire qu'un jour cette personne-là aura peut-être à diriger la conduite et les affaires d'une trentaine d'enfants, petits-enfants, gendres et brus... On ne sait pas combien une famille peut s'accroître, et quand la ruche est trop pleine, qu'il faut essaimer[4], chacun songe à emporter son miel. Quand je t'ai pris pour gendre, quoique ma fille fût riche

---

1. Le battage; 2. *Culture fine* : celle qui demande plus d'habileté que de force (aviculture, apiculture, etc...); 3. *Vérité*. Il faut donner un sens très large à ce mot et entendre par là ce qui est honnête, loyal, équitable; 4. Lorsqu'une ruche est trop peuplée, une partie des abeilles la quitte et va fonder plus loin une autre ruche : c'est l'*essaimage*.

et toi pauvre, je ne lui ai pas fait reproche de t'avoir choisi. Je te voyais bon travailleur, et je savais bien que la meilleure richesse pour des gens de campagne comme nous, c'est une paire de bras et un cœur comme les tiens. Quand un homme apporte cela dans une famille, il apporte assez. Mais une femme, c'est différent : son travail dans la maison est bon pour conserver, non pour acquérir. D'ailleurs, à présent que tu es père et que tu cherches femme, il faut songer que tes nouveaux enfants, n'ayant rien à prétendre dans l'héritage de ceux du premier lit, se trouveraient dans la misère si tu venais à mourir, à moins que ta femme n'eût quelque bien de son côté. Et puis, les enfants dont tu vas augmenter notre colonie coûteront quelque chose à nourrir. Si cela retombait sur nous seuls, nous les nourririons, bien certainement, et sans nous en plaindre; mais le bien-être de tout le monde en serait diminué, et les premiers enfants auraient leur part de privations là-dedans. Quand les familles augmentent outre mesure sans que le bien augmente en proportion, la misère vient, quelque courage qu'on y mette. Voilà mes observations, Germain, pèse-les, et tâche de te faire agréer à la veuve Guérin; car sa bonne conduite et ses écus apporteront ici de l'aide dans le présent et de la tranquillité pour l'avenir.

— C'est dit, mon père. Je vais tâcher de lui plaire et qu'elle me plaise.

— Pour cela il faut la voir et aller la trouver.

— Dans son endroit[1] ? A Fourche ? C'est loin d'ici, n'est-ce pas ? et nous n'avons guère le temps de courir dans cette saison.

— Quand il s'agit d'un mariage d'amour, il faut s'attendre à perdre du temps; mais quand c'est un mariage de raison entre deux personnes qui n'ont pas de caprices et savent ce qu'elles veulent, c'est bientôt décidé. C'est demain samedi; tu feras ta journée de labour un peu courte, tu partiras vers les deux heures après dîner[2]; tu seras à Fourche à la nuit; la lune est grande dans ce moment-ci, les chemins sont bons, et il n'y a pas plus de trois lieues de pays. C'est près du Magnier. D'ailleurs tu prendras la jument.

— J'aimerais autant aller à pied, par ce temps frais.

— Oui, mais la jument est belle, et un prétendu qui arrive

---

1. Familièrement, le lieu qu'on habite, en parlant d'une agglomération peu importante;
2. On appelait autrefois *dîner* le repas de midi; *déjeuner* celui du matin et *souper* celui du soir.

aussi bien monté a meilleur air. Tu mettras tes habits neufs,
et tu porteras un joli présent de gibier au père Léonard. Tu
arriveras de ma part, tu causeras avec lui, tu passeras la
journée du dimanche avec sa fille, et tu reviendras avec un
oui ou un non lundi matin.

— C'est entendu », répondit tranquillement Germain; et
pourtant il n'était pas tout à fait tranquille.

Germain avait toujours vécu sagement, comme vivent les
paysans laborieux. Marié à vingt ans, il n'avait aimé qu'une
femme dans sa vie, et, depuis son veuvage, quoiqu'il fût
d'un caractère impétueux et enjoué, il n'avait ri et folâtré
avec aucune autre. Il avait porté fidèlement un véritable
regret dans son cœur, et ce n'était pas sans crainte et sans
tristesse qu'il cédait à son beau-père; mais le beau-père avait
toujours gouverné sagement la famille, et Germain, qui
s'était dévoué tout entier à l'œuvre commune, et, par conséquent, à celui qui la personnifiait, au père de famille, Germain ne comprenait pas qu'il eût pu se révolter contre de
bonnes raisons, contre l'intérêt de tous.

Néanmoins il était triste. Il se passait peu de jours qu'il
ne pleurât sa femme en secret, et, quoique la solitude com-
mençât à lui peser, il était plus effrayé de former une union
nouvelle que désireux de se soustraire à son chagrin. Il se
disait vaguement que l'amour eût pu le consoler, en venant
le surprendre, car l'amour ne console pas autrement. On
ne le trouve pas quand on le cherche; il vient à nous quand
nous ne l'attendons pas. Ce froid projet de mariage que lui
montrait le père Maurice, cette fiancée inconnue, peut-être
même tout ce bien qu'on lui disait de sa raison et de sa vertu,
lui donnaient à penser. Et il s'en allait, songeant[1], comme
songent les hommes qui n'ont pas assez d'idées pour qu'elles
se combattent entre elles, c'est-à-dire ne se formulant pas à
lui-même de belles raisons de résistance et d'égoïsme, mais
souffrant d'une douleur sourde, et ne luttant pas contre un
mal qu'il fallait accepter.

Cependant le père Maurice était rentré à la métairie[2],
tandis que Germain, entre le coucher du soleil et la nuit,
occupait la dernière heure du jour à fermer les brèches que
les moutons avaient faites à la bordure d'un enclos voisin

---

1. Le verbe est pris au sens absolu; 2. La métairie est une exploitation dont le fermier
partage par moitié les produits avec le propriétaire. (*Medietas*, partage par *moitié*, qui vient de
medius).

des bâtiments. Il relevait les tiges d'épine et les soutenait avec des mottes de terre, tandis que les grives babillaient dans le buisson voisin et semblaient lui crier de se hâter, curieuses qu'elles étaient de venir examiner son ouvrage aussitôt qu'il serait parti.

V

LA GUILLETTE

Le père Maurice trouva chez lui une vieille voisine qui était venue causer avec sa femme tout en cherchant de la braise pour allumer son feu. La mère Guillette habitait une chaumière fort pauvre à deux portées de fusil[1] de la ferme. Mais c'était une femme d'ordre et de volonté. Sa pauvre maison était propre et bien tenue, et ses vêtements rapiécés avec soin annonçaient le respect de soi-même au milieu de la détresse.

« Vous êtes venue chercher le feu du soir, mère Guillette, lui dit le vieillard. Voulez-vous quelque autre chose ?

— Non, père Maurice, répondit-elle ; rien pour le moment. Je ne suis pas quémandeuse[2], vous le savez, et je n'abuse pas de la bonté de mes amis.

— C'est la vérité ; aussi vos amis sont toujours prêts à vous rendre service.

— J'étais en train de causer avec votre femme, et je lui demandais si Germain se décidait enfin à se remarier.

— Vous n'êtes point une bavarde, répondit le père Maurice, on peut parler devant vous sans craindre les propos : ainsi je dirai à ma femme et à vous que Germain est tout à fait décidé ; il part demain pour le domaine de Fourche.

— A la bonne heure ! s'écria la mère Maurice ; ce pauvre enfant ! Dieu veuille qu'il trouve une femme aussi bonne et aussi brave[3] que lui !

— Ah ! il va à Fourche ? observa la Guillette. Voyez comme ça se trouve ! cela m'arrange beaucoup, et puisque vous me demandiez tout à l'heure si je désirais quelque chose, je vas vous dire, père Maurice, en quoi vous pouvez m'obliger.

---

1. La portée de fusil ne représente naturellement qu'une distance approximative, mais peu considérable, les fusils de cette époque n'ayant qu'une portée réduite ; 2. Solliciteuse importune ; 3. Courageuse au travail.

— Dites, dites, vous obliger, nous le voulons.

— Je voudrais que Germain prît la peine d'emmener ma fille avec lui.

— Où donc ? à Fourche ?

— Non pas à Fourche, mais aux Ormeaux, où elle va demeurer le reste de l'année.

— Comment ! dit la mère Maurice, vous vous séparez de votre fille ?

— Il faut bien qu'elle entre en condition[1] et qu'elle gagne quelque chose. Ça me fait assez de peine et à elle aussi, la pauvre âme ! Nous n'avons pas pu nous décider à nous quitter à l'époque de la Saint-Jean[2] ; mais voilà que la Saint-Martin arrive, et qu'elle trouve une bonne place de bergère dans les fermes des Ormeaux. Le fermier passait l'autre jour par ici en revenant de la foire. Il vit ma petite Marie qui gardait ses trois moutons sur le communal[3]. « Vous n'êtes guère occupée, ma petite fille, qu'il lui dit ; et trois moutons pour une *pastoure*[4], ce n'est guère. Voulez-vous en garder cent ? je vous emmène. La bergère de chez nous est tombée malade, elle retourne chez ses parents, et si vous voulez être chez nous avant huit jours, vous aurez cinquante francs pour le reste de l'année jusqu'à la Saint-Jean. » L'enfant a refusé, mais elle n'a pu se défendre d'y songer et de me le dire lorsqu'en rentrant le soir elle m'a vue triste et embarrassée de passer l'hiver, qui va être rude et long, puisqu'on a vu, cette année, les grues et les oies sauvages traverser les airs[5] un grand mois plus tôt que de coutume. Nous avons pleuré toutes deux ; mais enfin le courage est venu. Nous nous sommes dit que nous ne pouvions pas rester ensemble, puisqu'il y a à peine de quoi faire vivre une seule personne sur notre lopin de terre ; et puisque Marie est en âge (la voilà qui prend seize ans), il faut bien qu'elle fasse comme les autres, qu'elle gagne son pain et qu'elle aide sa pauvre mère.

— Mère Guillette, dit le vieux laboureur, s'il ne fallait que cinquante francs pour vous consoler de vos peines et vous dispenser d'envoyer votre enfant au loin, vrai, je vous les ferais trouver, quoique cinquante francs, pour des gens

---

1. En service ; **2.** *La Saint-Jean* (24 juin) : date à laquelle on engage les domestiques de culture. Cette coutume existe toujours. Même observation pour la *Saint-Martin* (11 novembre) ; **3.** Terre qui appartient à la commune et dont peuvent user les habitants du village ; **4.** Bergère. Forme berrichonne de pâtre (*pastor*) ; **5.** Ces oiseaux passent l'été dans les pays du Nord de l'Europe, et aux approches de l'hiver émigrent vers les contrées méridionales.

comme nous, ça commence à peser[1]. Mais en toutes choses il faut consulter la raison autant que l'amitié. Pour[2] être sauvée de la misère de cet hiver, vous ne le serez pas de la misère à venir, et plus votre fille tardera à prendre un parti, plus elle et vous aurez de peine à vous quitter. La petite Marie se fait grande et forte, et elle n'a pas de quoi s'occuper chez vous. Elle pourrait y prendre l'habitude de la fainéantise...

— Oh! pour cela, je ne le crains pas, dit la Guillette. Marie est courageuse autant que fille riche et à la tête d'un gros travail puisse l'être. Elle ne reste pas un instant les bras croisés, et quand nous n'avons pas d'ouvrage, elle nettoie et frotte nos pauvres meubles qu'elle rend clairs comme des miroirs. C'est une enfant qui vaut son pesant d'or, et j'aurais bien mieux aimé qu'elle entrât chez vous comme bergère que d'aller si loin chez des gens que je ne connais pas. Vous l'auriez prise à la Saint-Jean, si nous avions su nous décider; mais à présent vous avez loué tout votre monde, et ce n'est qu'à la Saint-Jean de l'autre année que nous pourrons y songer.

— Eh! j'y consens de tout mon cœur, Guillette! Cela me fera plaisir. Mais en attendant, elle fera bien d'apprendre un état et de s'habituer à servir les autres.

— Oui, sans doute; le sort[3] en est jeté. Le fermier des Ormeaux l'a fait demander ce matin; nous avons dit oui, et il faut qu'elle parte. Mais la pauvre enfant ne sait pas le chemin, et je n'aimerais pas à l'envoyer si loin toute seule. Puisque votre gendre va à Fourche demain, il peut bien l'emmener. Il paraît que c'est tout à côté du domaine où elle va, à ce qu'on m'a dit; car je n'ai jamais fait ce voyage-là.

— C'est tout à côté, et mon gendre la conduira. Cela se doit; il pourra même la prendre en croupe sur la jument, ce qui ménagera ses souliers. Le voilà qui rentre pour souper. Dis-moi, Germain, la petite Marie à la mère Guillette s'en va bergère aux Ormeaux. Tu la conduiras sur ton cheval, n'est-ce pas?

— C'est bien », répondit Germain qui était soucieux, mais toujours disposé à rendre service à son prochain.

---

1. Il faut tenir compte bien entendu de la valeur relative de la monnaie. Les cinquante francs de 1845 en représentent bien sept ou huit cents de notre époque; **2.** *Pour*, avec le sens de *quoique, bien que*, devant un infinitif, ne se construit qu'avec des phrases négatives ou restrictives; **3.** *Le sort* : le destin.

Dans notre monde à nous, pareille chose ne viendrait pas à la pensée d'une mère, de confier une fille de seize ans à un homme de vingt-huit; car Germain n'avait réellement que vingt-huit ans; et quoique, selon les idées de son pays, il passât pour vieux au point de vue du mariage, il était encore le plus bel homme de l'endroit. Le travail ne l'avait pas creusé et flétri comme la plupart des paysans qui ont dix années de labourage sur la tête. Il était de force à labourer encore dix ans sans paraître vieux, et il eût fallu que le préjugé[2] de l'âge fût bien fort sur l'esprit d'une jeune fille pour l'empêcher de voir que Germain avait le teint frais, l'œil vif et bleu comme le ciel de mai, la bouche rose, des dents superbes, le corps élégant et souple comme celui d'un jeune cheval qui n'a pas encore quitté le pré.

Mais la chasteté des mœurs est une tradition sacrée dans certaines campagnes éloignées du mouvement corrompu des grandes villes, et, entre toutes les familles de Bélair, la famille de Maurice était réputée honnête et servant la vérité[3]. Germain s'en allait chercher femme; Marie était une enfant trop jeune et trop pauvre pour qu'il y songeât dans cette vue, et, à moins d'être un *sans cœur* et un *mauvais homme*, il était impossible qu'il eût une coupable pensée auprès d'elle. Le père Maurice ne fut donc nullement inquiet de lui voir prendre en croupe cette jolie fille; la Guillette eût cru lui faire injure si elle lui eût recommandé de la respecter comme sa sœur; Marie monta sur la jument en pleurant, après avoir vingt fois embrassé sa mère et ses jeunes amies. Germain, qui était triste pour son compte, compatissait d'autant plus à son chagrin, et s'en alla d'un air sérieux, tandis que les gens du voisinage disaient adieu de la main à la pauvre Marie sans songer à mal.

VI

PETIT-PIERRE

La Grise était jeune, belle et vigoureuse. Elle portait sans effort son double fardeau, couchant les oreilles et rongeant son frein, comme une fière et ardente jument qu'elle était.

---

1. Amaigri; **2.** Opinion, en général défavorable, que l'on se fait sans examen; **3.** Cf. p. 29, note 3.

En passant devant le pré-long, elle aperçut sa mère, qui s'appelait la vieille Grise, comme elle la jeune Grise, et elle hennit en signe d'adieu. La vieille Grise approcha de la haie en faisant résonner ses enferges[1], essaya de galoper sur la marge du pré pour suivre sa fille; puis, la voyant prendre le grand trot, elle hennit à son tour, et resta pensive, inquiète, le nez au vent, la bouche pleine d'herbes qu'elle ne songeait plus à manger.

« Cette pauvre bête connaît toujours sa progéniture, dit Germain pour distraire la petite Marie de son chagrin. Ça me fait penser que je n'ai pas embrassé mon Petit-Pierre avant de partir. Le mauvais enfant n'était pas là! Il voulait, hier au soir, me faire promettre de l'emmener, et il a pleuré pendant une heure dans son lit. Ce matin, encore, il a tout essayé pour me persuader. Oh! qu'il est adroit et câlin! mais quand il a vu que ça ne se pouvait pas, monsieur s'est fâché : il est parti dans les champs, et je ne l'ai pas revu de la journée.

— Moi, je l'ai vu, dit la petite Marie en faisant effort pour rentrer ses larmes. Il courait avec les enfants de Soulas du côté des tailles[2], et je me suis bien doutée qu'il était hors de la maison depuis longtemps, car il avait faim et mangeait des prunelles et des mûres de buisson. Je lui ai donné le pain de mon goûter, et il m'a dit : « Merci, ma Marie mignonne : quand tu viendras chez nous, je te donnerai de la galette. » C'est un enfant trop[3] gentil que vous avez là, Germain!

— Oui, qu'il est gentil, reprit le laboureur, et je ne sais pas ce que je ne ferais pas pour lui! Si sa grand'mère n'avait pas eu plus de raison que moi, je n'aurais pas pu me tenir de l'emmener, quand je le voyais pleurer si fort que son pauvre petit cœur en était tout gonflé.

— Eh bien! pourquoi ne l'auriez-vous pas emmené, Germain? Il ne vous aurait guère embarrassé; il est si raisonnable quand on fait sa volonté!

— Il paraît qu'il aurait été de trop là où je vais. Du moins c'était l'avis du père Maurice... Moi, pourtant, j'aurais pensé qu'au contraire il fallait voir comment on le recevrait, et qu'un si gentil enfant ne pouvait qu'être pris en bonne amitié... Mais ils disent à la maison qu'il ne faut pas com-

---

1. Entraves que l'on met au pied des chevaux dans les pâturages, pour les empêcher de courir (terme local); **2.** *Taille* : bois coupé qui commence à repousser; **3.** *Trop* est ici une sorte de superlatif : il n'exprime pas l'excès.

mencer par faire voir les charges du ménage... Je ne sais pas pourquoi je te parle de ça, petite Marie ; tu n'y comprends rien.

— Si fait[1], Germain ; je sais que vous allez vous marier ; ma mère me l'a dit, en me recommandant de n'en parler à personne, ni chez nous, ni là où je vais, et vous pouvez être tranquille : je n'en dirai mot.

— Tu feras bien, car ce n'est pas fait ; peut-être que je ne conviendrai pas à la femme en question.

— Il faut espérer que si, Germain. Pourquoi donc ne lui conviendriez-vous pas ?

— Qui sait ? J'ai trois enfants, et c'est lourd pour une femme qui n'est pas leur mère !

— C'est vrai, mais vos enfants ne sont pas comme d'autres enfants.

— Crois-tu ?

— Ils sont beaux comme des petits anges, et si bien élevés qu'on n'en peut pas voir de plus aimables.

— Il y a Sylvain qui n'est pas trop commode.

— Il est tout petit ! il ne peut pas être autrement que terrible[2], mais il a tant d'esprit !

— C'est vrai qu'il a de l'esprit : et un courage ! Il ne craint ni vaches ni taureaux, et si on le laissait faire, il grimperait déjà sur les chevaux avec son aîné.

— Moi, à votre place, j'aurais amené l'aîné. Bien sûr ça vous aurait fait aimer tout de suite, d'avoir un enfant si beau !

— Oui, si la femme aime les enfants ; mais si elle ne les aime pas !

— Est-ce qu'il y a des femmes qui n'aiment pas les enfants ?

— Pas beaucoup, je pense ; mais enfin il y en a, et c'est là ce qui me tourmente.

— Vous ne la connaissez[3] donc pas du tout, cette femme ?

— Pas plus que toi, et je crains de ne pas la mieux connaître après que je l'aurai vue. Je ne suis pas méfiant, moi. Quand on me dit de bonnes paroles, j'y crois : mais j'ai été plus d'une fois à même de m'en repentir, car les paroles ne sont pas des actions.

— On dit que c'est une fort brave femme.

---

1. *Si fait*, s'emploie pour exprimer le contraire de ce qui a été dit ; **2.** Espiègle, remuant ; **3.** *Vous ne la connaissez...* : vous ne l'avez jamais vue. A la phrase suivante, *connaître* signifie pénétrer le caractère, le tempérament.

— Qui dit cela? le père Maurice!

— Oui, votre beau-père.

— C'est fort bien : mais il ne la connaît pas non plus.

— Eh bien, vous la verrez tantôt, vous ferez grande attention, et il faut espérer que vous ne vous tromperez pas, Germain.

— Tiens, petite Marie, je serais bien aise que tu entres un peu dans la maison, avant de t'en aller tout droit aux Ormeaux : tu es fine, toi, tu as toujours montré de l'esprit, et tu fais attention à tout. Si tu vois quelque chose qui te donne à penser[1], tu m'en avertiras tout doucement[2].

— Oh! non, Germain, je ne ferai pas cela! je craindrais trop de me tromper; et d'ailleurs, si une parole dite à la légère venait à vous dégoûter de ce mariage, vos parents m'en voudraient, et j'ai bien assez de chagrins comme ça, sans en attirer d'autres sur ma pauvre chère femme de mère. »

Comme ils devisaient ainsi, la Grise fit un écart en dressant les oreilles, puis revint sur ses pas, et se rapprocha du buisson, où quelque chose qu'elle commençait à reconnaître l'avait d'abord effrayée. Germain jeta un regard sur le buisson, et vit dans le fossé, sous les branches épaisses et encore fraîches d'un têteau[3] de chêne, quelque chose qu'il prit pour un agneau.

« C'est une bête égarée, dit-il, ou morte, car elle ne bouge. Peut-être que quelqu'un la cherche; il faut voir!

— Ce n'est pas une bête, s'écria la petite Marie : c'est un enfant qui dort; c'est votre Petit-Pierre.

— Par exemple! dit Germain en descendant de cheval : voyez ce petit garnement qui dort là, si loin de la maison, et dans un fossé où quelque serpent pourrait bien le trouver! »

Il prit dans ses bras l'enfant, qui lui sourit en ouvrant les yeux et jeta ses bras autour de son cou, en lui disant : « Mon petit père, tu vas m'emmener avec toi!

— Ah oui! toujours la même chanson! Que faisiez-vous là, mauvais Pierre?

— J'attendais mon petit père à passer, dit l'enfant; je regardais sur le chemin, et, à force de regarder, je me suis endormi.

---

1. Qui t'inspire quelque méfiance; 2. Confidentiellement; 3. *Têteau* : arbre dont on a coupé les branches.

— Et si j'étais passé sans te voir, tu serais resté toute la nuit dehors, et le loup t'aurait mangé!

— Oh! je savais bien que tu me verrais! répondit Petit-Pierre avec confiance.

— Eh bien, à présent, mon Pierre, embrasse-moi, dis-moi adieu, et retourne vite à la maison, si tu ne veux pas qu'on soupe sans toi.

— Tu ne veux donc pas m'emmener! s'écria le petit en commençant à frotter ses yeux pour montrer qu'il avait dessein de pleurer.

— Tu sais bien que grand-père et grand'mère ne le veulent pas », dit Germain, se retranchant derrière l'autorité des vieux parents, comme un homme qui ne compte guère sur la sienne propre.

Mais l'enfant n'entendit rien. Il se prit à pleurer tout de bon, disant que, puisque son père emmenait la petite Marie, il pouvait bien l'emmener aussi. On lui objecta qu'il fallait passer les grands bois, qu'il y avait là beaucoup de méchantes bêtes qui mangeaient les petits enfants, que la Grise ne voulait pas porter trois personnes, qu'elle l'avait déclaré en partant, et que, dans le pays où l'on se rendait, il n'y avait ni lit ni souper pour les marmots. Toutes ces excellentes raisons ne persuadèrent point Petit-Pierre; il se jeta sur l'herbe, et s'y roula en criant que son petit père ne l'aimait plus, et que, s'il ne l'emmenait pas, il ne rentrerait point du jour ni de la nuit à la maison.

Germain avait un cœur de père aussi tendre et aussi faible que celui d'une femme. La mort de la sienne, les soins qu'il avait été forcé de rendre[1] seul à ses petits, aussi la pensée que ces pauvres enfants sans mère avaient besoin d'être beaucoup aimés, avaient contribué à le rendre ainsi, et il se fit en lui un si rude combat, d'autant plus qu'il rougissait de sa faiblesse et s'efforçait de cacher son malaise à la petite Marie, que la sueur lui en vint au front et que ses yeux se bordèrent de rouge, prêts à pleurer aussi. Enfin il essaya de se mettre en colère; mais, en se retournant vers la petite Marie, comme pour la prendre à témoin de sa fermeté d'âme, il vit que le visage de cette bonne[2] fille était baigné de larmes, et tout son courage l'abandonnant, il lui fut impossible de retenir les siennes, bien qu'il grondât et menaçât encore.

---

1. *Rendre* est employé deux fois dans cette phrase, avec des sens différents. Négligence de style; 2. Tendre, sensible.

« Vrai, vous avez le cœur trop dur, lui dit enfin la petite Marie, et, pour ma part, je ne pourrais jamais résister comme cela à un enfant qui a un si gros chagrin. Voyons, Germain, emmenez-le. Votre jument est bien habituée à porter deux personnes et un enfant, à preuve que votre beau-frère et sa femme, qui est plus lourde que moi de beaucoup, vont au marché le samedi avec leur garçon, sur le dos de cette bonne bête. Vous le mettrez à cheval devant vous, et d'ailleurs j'aime mieux m'en aller toute seule à pied que de faire de la peine à ce petit.

— Qu'à cela ne tienne, répondit Germain, qui mourait d'envie de se laisser convaincre. La Grise est forte et en porterait deux de plus, s'il y avait place sur son échine. Mais que ferons-nous de cet enfant en route ? il aura froid, il aura faim... et qui prendra soin de lui ce soir et demain pour le coucher, le laver et le rhabiller ? Je n'ose pas donner cet ennui-là à une femme que je ne connais pas, et qui trouvera, sans doute, que je suis bien sans façons avec elle pour commencer.

— D'après l'amitié[1] ou l'ennui qu'elle montrera, vous la connaîtrez tout de suite, Germain, croyez-moi ; et d'ailleurs, si elle rebute votre Pierre, moi je m'en charge. J'irai chez elle l'habiller et je l'emmènerai aux champs demain. Je l'amuserai toute la journée et j'aurai soin qu'il ne manque de rien.

— Et il t'ennuiera, ma pauvre fille ! Il te gênera ! toute une journée, c'est long !

— Ça me fera plaisir, au contraire, ça me tiendra compagnie, et ça me rendra moins triste le premier jour que j'aurai à passer dans un nouveau pays. Je me figurerai que je suis encore chez nous. »

L'enfant, voyant que la petite Marie prenait son parti, s'était cramponné à sa jupe et la tenait si fort qu'il eût fallu lui faire du mal pour l'en arracher. Quand il reconnut que son père cédait, il prit la main de Marie dans ses deux petites mains brunies par le soleil, et l'embrassa en sautant de joie et en la tirant vers la jument, avec cette impatience ardente que les enfants portent dans leurs désirs.

« Allons, allons, dit la jeune fille, en le soulevant dans ses bras, tâchons d'apaiser ce pauvre cœur qui saute comme un petit oiseau[2], et si tu sens le froid quand la nuit viendra,

---

1. La complaisance ; 2. G. Sand compare les palpitations du cœur au sautillement de l'oiseau sur le sol ou sur la branche. L'image est gracieuse et juste.

dis-le-moi, mon Pierre, je te serrerai dans ma cape[1]. Embrasse ton petit père, et demande-lui pardon d'avoir fait le méchant. Dis que ça ne t'arrivera plus, jamais! jamais, entends-tu?

— Oui, oui, à condition que je ferai toujours sa volonté, n'est-ce pas? dit Germain en essuyant les yeux du petit avec son mouchoir : ah! Marie, vous me le gâtez, ce drôle-là!... Et vraiment, tu es une trop bonne fille, petite Marie. Je ne sais pas pourquoi tu n'es pas entrée bergère chez nous à la Saint-Jean dernière. Tu aurais pris soin de mes enfants, et j'aurais mieux aimé te payer un bon prix pour les servir, que d'aller chercher une femme qui croira peut-être me faire beaucoup de grâce en ne les détestant pas.

— Il ne faut pas voir comme ça les choses par le mauvais côté, répondit la petite Marie, en tenant la bride du cheval pendant que Germain plaçait son fils sur le devant du large bât garni de peau de chèvre : si votre femme n'aime pas les enfants, vous me prendrez à votre service l'an prochain, et, soyez tranquille, je les amuserai si bien qu'ils ne s'apercevront de rien. »

VII

DANS LA LANDE

« Ah ça! dit Germain, lorsqu'ils eurent fait quelques pas, que va-t-on penser à la maison en ne voyant pas rentrer ce petit bonhomme? Les parents vont être inquiets et le chercheront partout.

— Vous allez dire au cantonnier qui travaille là-haut sur la route que vous l'emmenez, et vous lui recommanderez d'avertir votre monde.

— C'est vrai, Marie, tu t'avises[2] de tout, toi; moi, je ne pensais plus que Jeannie devait être par là.

— Et justement, il demeure tout près de la métairie; il ne manquera pas de faire la commission. »

Quand on eut avisé à cette précaution, Germain remit la jument au trot, et Petit-Pierre était si joyeux, qu'il ne s'aper-

---

1. *Cape* : capuchon qui protège la tête et les épaules. L'usage de ce vêtement a disparu;
2. *Tu t'avises de tout* : tu remarques tout. Quatre lignes plus bas : *Quand on eut avisé à cette précaution* : quand on eut pourvu à cette précaution. Remarquez à ce propos que George Sand (comme Balzac) ne cherche pas à éviter les répétitions de mots, contrairement à Chateaubriand, Hugo, Flaubert.

çut pas tout de suite qu'il n'avait pas dîné; mais le mouvement du cheval lui creusant l'estomac, il se prit, au bout d'une lieue, à bâiller, à pâlir, et à confesser qu'il mourait de faim.

« Voilà que ça commence, dit Germain. Je savais bien que nous n'irions pas loin sans que ce monsieur criât la faim ou la soif.

— J'ai soif aussi! dit Petit-Pierre.

— Eh bien! nous allons donc entrer dans le cabaret de la mère Rebec, à Corlay, au *Point du Jour*. Belle enseigne, mais pauvre gîte! Allons, Marie, tu boiras aussi un doigt de vin.

— Non, non, je n'ai besoin de rien, dit-elle, je tiendrai la jument pendant que vous entrerez avec le petit.

— Mais j'y songe, ma bonne fille, tu as donné ce matin le pain de ton goûter à mon Pierre, et toi tu es à jeun; tu n'as pas voulu dîner avec nous à la maison, tu ne faisais que pleurer.

— Oh! je n'avais pas faim, j'avais trop de peine! et je vous jure qu'à présent encore je ne sens aucune envie de manger.

— Il faut te forcer, petite; autrement tu seras malade. Nous avons du chemin à faire, et il faut ne pas arriver là-bas comme des affamés pour demander du pain avant de dire bonjour. Moi-même je veux te donner l'exemple, quoique je n'aie pas grand appétit; mais j'en viendrai à bout, vu que, après tout, je n'ai pas dîné non plus. Je vous voyais pleurer, toi et ta mère, et ça me troublait le cœur. Allons, allons, je vais attacher la Grise à la porte; descends, je le veux. »

Ils entrèrent tous trois chez la Rebec, et, en moins d'un quart d'heure, la grosse boiteuse réussit à leur servir une omelette de bonne mine[1], du pain bis[2] et du vin clairet[3].

Les paysans ne mangent pas vite, et le petit Pierre avait si grand appétit qu'il se passa bien une heure avant que Germain pût songer à se remettre en route. La petite Marie avait mangé par complaisance d'abord; puis, peu à peu, la faim était venue : car à seize ans on ne peut pas faire longtemps diète, et l'air des campagnes est impérieux. Les bonnes paroles que Germain sut lui dire pour la consoler et lui faire

---

1. De belle couleur et de belle forme; **2.** *Pain bis* : pain de couleur bise (gris-brun), où il reste du son. On n'en trouve plus que rarement, même à la campagne; **3.** Petit vin d'un rouge clair.

prendre courage produisirent aussi leur effet; elle fit effort pour se persuader que sept mois seraient bientôt passés, et pour songer au bonheur qu'elle aurait de se retrouver dans sa famille et dans son hameau, puisque le père Maurice et Germain s'accordaient pour lui promettre de la prendre à leur service. Mais comme elle commençait à s'égayer et à badiner avec le petit Pierre, Germain eut la malheureuse idée de lui faire regarder, par la fenêtre du cabaret, la belle vue de la vallée qu'on voit tout entière de cette hauteur, et qui est si riante, si verte et si fertile. Marie regarda et demanda si de là on voyait les maisons de Belair.

« Sans doute, dit Germain, et la métairie, et même ta maison. Tiens, ce petit point gris, pas loin du grand peuplier à Godard, plus bas que le clocher.

— Ah! je la vois, dit la petite; et là-dessus elle recommença de pleurer.

— J'ai eu tort de te faire songer à ça, dit Germain, je ne fais que des bêtises aujourd'hui! Allons, Marie, partons, ma fille; les jours sont courts, et dans une heure, quand la lune montera, il ne fera pas chaud.

Ils se remirent en route, traversèrent la grande *brande*[1], et comme, pour ne pas fatiguer la jeune fille et l'enfant par un trop grand trot, Germain ne pouvait faire aller la Grise bien vite, le soleil était couché quand ils quittèrent la route pour gagner les bois.

Germain connaissait le chemin jusqu'au Magnier; mais il pensa qu'il aurait plus court en ne prenant pas l'avenue de Chanteloube, mais en descendant par Presles et la Sépulture, direction qu'il n'avait pas l'habitude de prendre quand il allait à la foire. Il se trompa et perdit encore un peu de temps avant d'entrer dans le bois; encore n'y entra-t-il point par le bon côté, et il ne s'en aperçut pas, si bien qu'il tourna le dos à Fourche et gagna beaucoup plus haut du côté d'Ardentes.

Ce qui l'empêchait alors de s'orienter, c'était un brouillard qui s'élevait avec la nuit, un de ces brouillards des soirs d'automne, que la blancheur du clair de lune rend plus vagues et plus trompeurs[2] encore. Les grandes flaques d'eau dont les clairières sont semées exhalaient des vapeurs si épaisses que, lorsque la Grise les traversait, on ne s'en aper-

---

1. *Brande* : lande inculte, où poussent des fougères (terme local); 2. Parce que la lumière de la lune devient diffuse dans la compacité du brouillard.

cevait qu'au clapotement de ses pieds et à la peine qu'elle avait à les tirer de la vase.

Quand on eut enfin trouvé une belle allée bien droite, et qu'arrivé au bout, Germain chercha à voir où il était, il s'aperçut qu'il s'était perdu; car le père Maurice, en lui expliquant son chemin, lui avait dit qu'à la sortie des bois il aurait à descendre un bout de côte très raide, à traverser une immense prairie et à passer deux fois la rivière[1] à gué. Il lui avait même recommandé d'entrer dans cette rivière avec précaution, parce qu'au commencement de la saison il y avait eu de grandes pluies et que l'eau pouvait être un peu haute. Ne voyant ni descente, ni prairie, ni rivière, mais la lande unie et blanche comme une nappe de neige, Germain s'arrêta, chercha une maison, attendit un passant, et ne trouva rien qui pût le renseigner. Alors il revint sur ses pas et rentra dans les bois. Mais le brouillard s'épaissit encore plus, la lune fut tout à fait voilée, les chemins étaient affreux, les fondrières profondes. Par deux fois, la Grise faillit s'abattre; chargée comme elle l'était, elle perdait courage, et si elle conservait assez de discernement pour ne pas se heurter contre les arbres, elle ne pouvait empêcher que ceux qui la montaient n'eussent affaire à de grosses branches, qui barraient le chemin à la hauteur de leurs têtes et qui les mettaient fort en danger. Germain perdit son chapeau dans une de ces rencontres et eut grand'peine à le retrouver. Petit-Pierre s'était endormi, et, se laissant aller comme un sac, il embarrassait tellement les bras de son père que celui-ci ne pouvait plus ni soutenir[2] ni diriger le cheval.

« Je crois que nous sommes ensorcelés[3], dit Germain en s'arrêtant : car ces bois ne sont pas assez grands pour qu'on s'y perde, à moins d'être ivre, et il y a deux heures au moins que nous y tournons sans pouvoir en sortir. La Grise n'a qu'une idée en tête, c'est de s'en retourner à la maison, et c'est elle qui me fait tromper. Si nous voulons nous en aller chez nous, nous n'avons qu'à la laisser faire. Mais quand nous sommes peut-être à deux pas de l'endroit où nous devons coucher, il faudrait être fou pour y renoncer et recommencer une si longue route. Cependant, je ne sais plus que faire. Je ne vois ni ciel ni terre, et je crains que cet

---

1. L'Indre; **2.** Agir sur les rênes pour empêcher la bête de trébucher; **3.** Dans la bouche de Germain cette phrase ne constitue pas une figure de rhétorique : il croit réellement à une influence mystérieuse.

enfant-là[1] ne prenne la fièvre si nous restons dans ce damné brouillard, ou qu'il ne soit écrasé par notre poids si le cheval vient à s'abattre en avant.

— Il ne faut pas nous obstiner davantage, dit la petite Marie. Descendons, Germain; donnez-moi l'enfant, je le porterai fort bien, et j'empêcherai mieux que vous que la cape[2], se dérangeant, ne le laisse à découvert. Vous conduirez la jument par la bride, et nous verrons peut-être plus clair quand nous serons plus près de terre. »

Ce moyen ne réussit qu'à les préserver d'une chute de cheval, car le brouillard rampait et semblait se coller à la terre humide. La marche était pénible, et ils furent bientôt si harassés qu'ils s'arrêtèrent en rencontrant enfin un endroit sec sous de grands chênes. La petite Marie était en nage, mais elle ne se plaignait ni ne s'inquiétait de rien. Occupée seulement de l'enfant, elle s'assit sur le sable et le coucha sur ses genoux, tandis que Germain explorait les environs, après avoir passé les rênes de la Grise dans une branche d'arbre.

Mais la Grise, qui s'ennuyait fort de ce voyage, donna un coup de reins, dégagea les rênes, rompit les sangles, et lâchant, par manière d'acquit[3], une demi-douzaine de ruades plus haut que sa tête, partit à travers les taillis, montrant fort bien qu'elle n'avait besoin de personne pour retrouver son chemin.

« Çà[4], dit Germain, après avoir vainement cherché à la rattraper, nous voici à pied, et rien ne nous servirait de nous trouver dans le bon chemin, car il nous faudrait traverser la rivière à pied; et à voir comme ces routes sont pleines d'eau, nous pouvons être sûrs que la prairie est sous la rivière. Nous ne connaissons pas les autres passages. Il nous faut donc attendre que ce brouillard se dissipe; ça ne peut pas durer plus d'une heure ou deux. Quand nous verrons clair, nous chercherons une maison, la première venue à la lisière du bois; mais à présent nous ne pouvons sortir d'ici; il y a là une fosse, un étang, je ne sais quoi devant nous; et derrière, je ne saurais pas non plus dire ce qu'il y a, car je ne comprends plus par quel côté nous sommes arrivés.

---

1. L'adverbe *là* se joint volontiers aux noms — surtout dans le langage familier —, pour marquer une désignation plus précise; **2.** Voir p. 41, note 1; **3.** Pour en terminer, comme on donne une quittance; **4.** Adverbe de lieu, employé comme interjection familière afin d'exciter, d'encourager.

VIII

SOUS LES GRANDS CHÊNES

« Eh bien ! prenons patience, Germain, dit la petite Marie. Nous ne sommes pas mal sur cette petite hauteur. La pluie ne perce pas la feuillée[1] de ces gros chênes, et nous pouvons allumer du feu, car je sens de vieilles souches qui ne tiennent à rien et qui sont assez sèches pour flamber. Vous avez bien du feu, Germain ? Vous fumiez votre pipe tantôt.

— J'en avais ! mon briquet était sur le bât dans mon sac, avec le gibier que je portais à ma future ; mais la maudite jument a tout emporté, même mon manteau, qu'elle va perdre et déchirer à toutes les branches.

— Non pas, Germain ; la bâtine[2], le manteau, le sac, tout est là par terre, à vos pieds. La Grise a cassé les sangles et tout jeté à côté d'elle en partant.

— C'est, vrai Dieu, certain ! dit le laboureur ; et si nous pouvons trouver un peu de bois mort à tâtons, nous réussirons à nous sécher et à nous réchauffer.

— Ce n'est pas difficile, dit la petite Marie, le bois mort craque partout sous les pieds ; mais donnez-moi d'abord ici la bâtine.

— Qu'en veux-tu faire ?

— Un lit pour le petit : non, pas comme ça, à l'envers ; il ne roulera pas dans la ruelle ; et c'est encore tout chaud du dos de la bête. Calez-moi ça de chaque côté avec ces pierres que vous voyez là !

— Je ne les vois pas, moi ! Tu as donc des yeux de chat !

— Tenez ! voilà qui est fait, Germain ! Donnez-moi votre manteau, que j'enveloppe ses petits pieds, et ma cape par-dessus son corps. Voyez ! s'il n'est pas couché là aussi bien que dans son lit ! et tâtez-le comme il a chaud !

— C'est vrai ! tu t'entends à soigner les enfants, Marie !

— Ce n'est pas bien sorcier. A présent, cherchez votre briquet dans votre sac, et je vais arranger le bois.

— Ce bois ne prendra jamais, il est trop humide.

— Vous doutez de tout, Germain ! vous ne vous souvenez donc pas d'avoir été pâtour et d'avoir fait de grands feux aux champs, au beau milieu de la pluie ?

---

1. *La feuillée* est l'abri formé par le feuillage ; **2.** Selle rembourrée et couverte d'une grosse toile.

— Oui, c'est le talent des enfants qui gardent les bêtes; mais moi j'ai été toucheur de bœufs aussitôt que j'ai su marcher.

— C'est pour cela que vous êtes plus fort de vos bras qu'adroit de vos mains. Le voilà bâti ce bûcher, vous allez voir s'il ne flambera pas! Donnez-moi le feu et une poignée de fougère sèche. C'est bien! soufflez à présent; vous n'êtes pas poumonique[1]?

— Non pas que je sache », dit Germain en soufflant comme un soufflet de forge. Au bout d'un instant, la flamme brilla, jeta d'abord une lumière rouge, et finit par s'élever en jets bleuâtres sous le feuillage des chênes, luttant contre la brume et séchant peu à peu l'atmosphère à dix pieds[2] à la ronde.

« Maintenant, je vais m'asseoir auprès du petit pour qu'il ne lui tombe pas d'étincelles sur le corps, dit la jeune fille. Vous, mettez du bois et animez le feu, Germain! nous n'attraperons ici ni fièvre ni rhume, je vous en réponds.

— Ma foi, tu es une fille d'esprit, dit Germain, et tu sais faire le feu comme une petite sorcière de nuit. Je me sens tout ranimé, et le cœur[3] me revient; car avec les jambes mouillées jusqu'aux genoux, et l'idée de rester comme cela jusqu'au point du jour, j'étais de fort mauvaise humeur tout à l'heure.

— Et quand on est de mauvaise humeur, on ne s'avise de rien, reprit la petite Marie.

— Et tu n'es donc jamais de mauvaise humeur, toi?

— Eh non! jamais. A quoi bon?

— Oh! ce n'est bon à rien, certainement; mais le moyen de s'en empêcher, quand on a des ennuis! Dieu sait que tu n'en as pas manqué, toi, pourtant, ma pauvre petite : car tu n'as pas toujours été heureuse!

— C'est vrai, nous avons souffert, ma pauvre mère et moi. Nous avions du chagrin, mais nous ne perdions jamais courage.

— Je ne perdrais pas courage pour quelque ouvrage que ce fût, dit Germain; mais la misère me fâcherait; car je n'ai jamais manqué de rien. Ma femme m'avait fait riche et je le suis encore; je le serai tant que je travaillerai à la métairie :

---

1. On appelait autrefois *pulmoniques* les personnes qui avaient les poumons atteints. On disait aussi *poumoniques* ; **2.** Le *pied* était une ancienne mesure de longueur valant environ 33 centimètres; **3.** Le courage.

ce sera toujours, j'espère; mais chacun doit avoir sa peine! j'ai souffert autrement.

— Oui, vous avez perdu votre femme, et c'est grand'pitié.

— N'est-ce pas?

— Oh! je l'ai bien pleurée, allez, Germain! car elle était si bonne! Tenez, n'en parlons plus; car je la pleurerais encore, tous mes chagrins sont en train de me revenir aujourd'hui.

— C'est vrai qu'elle t'aimait beaucoup, petite Marie! elle faisait grand cas de toi et de ta mère. Allons! tu pleures? Voyons, ma fille, je ne veux pas pleurer, moi...

— Vous pleurez, pourtant, Germain! Vous pleurez aussi! Quelle honte y a-t-il pour un homme à pleurer sa femme? Ne vous gênez pas, allez! je suis bien de moitié avec vous dans cette peine-là!

— Tu as un bon cœur, Marie, et ça me fait du bien de pleurer avec toi. Mais approche donc tes pieds du feu; tu as tes jupes toutes mouillées aussi, pauvre petite fille! Tiens, je vas prendre ta place auprès du petit, chauffe-toi mieux que ça.

— J'ai assez chaud, dit Marie; et si vous voulez vous asseoir, prenez un coin du manteau, moi je suis très bien.

— Le fait est qu'on n'est pas mal ici, dit Germain en s'asseyant tout auprès d'elle. Il n'y a que la faim qui me tourmente un peu. Il est bien neuf heures du soir, et j'ai eu tant de peine à marcher dans ces mauvais chemins, que je me sens tout affaibli. Est-ce que tu n'as pas faim, aussi, toi, Marie?

— Moi? pas du tout. Je ne suis pas habituée, comme vous, à faire quatre repas[1], et j'ai été tant de fois me coucher sans souper, qu'une fois de plus ne m'étonne guère.

— Eh bien, c'est commode, une femme comme toi; ça ne fait pas de dépense, dit Germain en souriant.

— Je ne suis pas une femme, dit naïvement Marie, sans s'apercevoir de la tournure que prenaient les idées du laboureur. Est-ce que vous rêvez?

— Oui, je crois que je rêve, répondit Germain; c'est la faim qui me fait divaguer peut-être!

— Que vous êtes donc gourmand! reprit-elle en s'égayant

---

1. Les quatre repas sont le déjeuner, que l'on prend en se levant, le dîner de midi, le goûter, et le souper du soir. *Faire ses quatre repas* se dit souvent des personnes qui se nourrissent copieusement.

un peu à son tour; eh bien! si vous ne pouvez pas vivre cinq ou six heures sans manger, est-ce que vous n'avez pas là du gibier dans votre sac, et du feu pour le faire cuire?

— Diantre! c'est une bonne idée! mais le présent à mon futur beau-père?

— Vous avez six perdrix et un lièvre! Je pense qu'il ne vous faut pas tout cela pour vous rassasier?

— Mais faire cuire cela ici, sans broche et sans landiers[1], ça deviendrait du charbon!

— Non pas, dit la petite Marie; je me charge de vous le faire cuire sous la cendre sans goût de fumée. Est-ce que vous n'avez jamais attrapé d'alouettes dans les champs, et que vous ne les avez pas fait cuire entre deux pierres? Ah! c'est vrai! j'oublie que vous n'avez pas été pâtour! Voyons, plumez cette perdrix! Pas si fort! vous lui arrachez la peau!

— Tu pourrais bien plumer l'autre pour me montrer!

— Vous voulez donc en manger deux? Quel ogre! Allons, les voilà plumées, je vais les cuire.

— Tu ferais une parfaite cantinière, petite Marie; mais, par malheur, tu n'as pas de cantine[2], et je serai réduit à boire l'eau de cette mare.

— Vous voudriez du vin, pas vrai? Il vous faudrait peut-être du café? vous vous croyez à la foire sous la ramée[3]! Appelez l'aubergiste : de la liqueur au fin laboureur de Belair!

— Ah! petite méchante, vous vous moquez de moi? Vous ne boiriez pas du vin, vous, si vous en aviez?

— Moi? j'en ai bu ce soir avec vous chez la Rebec, pour la seconde fois de ma vie; mais si vous êtes bien sage, je vais vous en donner une bouteille quasi pleine, et du bon encore!

— Comment, Marie, tu es donc sorcière, décidément?

— Est-ce que vous n'avez pas fait la folie de demander deux bouteilles de vin à la Rebec? Vous en avez bu une avec votre petit, et j'ai à peine avalé trois gouttes de celle que vous aviez mise devant moi. Cependant vous les avez payées toutes les deux sans y regarder.

— Eh bien?

— Eh bien, j'ai mis dans mon panier celle qui n'avait pas

---

1. Gros chenets de fer qui servent pour la cuisine; **2.** *La cantine* est la caisse divisée en compartiments qui sert à transporter les bouteilles; **3.** *Ramée* : assemblage de branches formant tonnelle.

été bue, parce que j'ai pensé que vous ou votre petit auriez
soif en route; et la voilà.

— Tu es la fille la plus avisée que j'aie jamais rencontrée.
Voyez! elle pleurait pourtant, cette pauvre enfant, en sor-
tant de l'auberge! ça ne l'a pas empêchée de penser aux
autres plus qu'à elle-même. Petite Marie, l'homme qui
t'épousera ne sera pas sot[1].

— Je l'espère, car je n'aimerais pas un sot. Allons, mangez
vos perdrix, elles sont cuites à point; et, faute de pain, vous
vous contenterez de châtaignes.

— Et où diable as-tu pris aussi des châtaignes?

— C'est bien étonnant! tout le long du chemin, j'en ai
pris aux branches en passant, et j'en ai rempli mes poches.

— Et elles sont cuites aussi?

— A quoi donc aurais-je eu l'esprit si je ne les avais pas
mises dans le feu dès qu'il a été allumé? Ça se fait toujours,
aux champs.

— Ah çà, petite Marie, nous allons souper ensemble!
je veux boire à ta santé et te souhaiter un bon mari...
là, comme tu le souhaiterais toi-même. Dis-moi un peu
cela!

— J'en serais fort empêchée, Germain, car je n'y ai pas
encore songé.

— Comment, pas du tout! jamais? dit Germain, en commençant à manger avec un appétit de laboureur, mais cou-
pant les meilleurs morceaux pour les offrir à sa compagne, qui
refusa obstinément et se contenta de quelques châtaignes.
Dis-moi donc, petite Marie, reprit-il, voyant qu'elle ne songeait pas à lui répondre, tu n'as pas encore eu l'idée du
mariage? tu es en âge pourtant!

— Peut-être, dit-elle; mais je suis trop pauvre. Il faut
au moins cent écus[2] pour entrer en ménage, et je dois travailler cinq ou six ans pour les amasser.

— Pauvre fille! je voudrais que le père Maurice voulût
bien me donner cent écus pour t'en faire cadeau.

— Grand merci, Germain. Eh bien! qu'est-ce qu'on dirait
de moi?

— Que veux-tu qu'on dise? on sait bien que je suis vieux

---

1. *Sot*, appliqué à un homme marié, ne signifie pas (comme ici) que ce dernier est stupide,
mais qu'il est malheureux en ménage. Cf. Molière (*Ecole des Femmes*, I, 1) :

Épouser une sotte, est pour n'être point sot.

2. *L'écu* valait trois francs; mais il y avait aussi des écus de six francs.

et que je ne peux pas t'épouser. Alors on ne supposerait pas que je... que tu...

— Dites donc, laboureur! voilà votre enfant qui se réveille », dit la petite Marie.

IX

LA PRIÈRE DU SOIR

Petit-Pierre s'était soulevé et regardait autour de lui d'un air tout pensif[1].

« Ah! il n'en fait jamais d'autre quand il entend manger, celui-là! dit Germain : le bruit du canon ne le réveillerait pas; mais quand on remue les mâchoires auprès de lui, il ouvre les yeux tout de suite.

— Vous avez dû être comme ça à son âge, dit la petite Marie avec un sourire malin. Allons, mon petit Pierre, tu cherches ton ciel de lit[2]? Il est fait de verdure, ce soir, mon enfant; mais ton père n'en soupe pas moins. Veux-tu souper avec lui? Je n'ai pas mangé ta part; je me doutais bien que tu la réclamerais!

— Marie, je veux que tu manges, s'écria le laboureur, je ne mangerai plus. Je suis un vorace, un grossier : toi, tu te prives pour nous, ce n'est pas juste, j'en ai honte. Tiens, ça m'ôte la faim; je ne veux pas que mon fils soupe, si tu ne soupes pas.

— Laissez-nous tranquilles, répondit la petite Marie, vous n'avez pas la clef[3] de nos appétits. Le mien est fermé aujourd'hui, mais celui de votre Pierre est ouvert comme celui d'un petit loup. Tenez, voyez comme il s'y prend! Oh! ce sera aussi un rude laboureur! »

En effet, Petit-Pierre montra bientôt de qui il était fils, et à peine éveillé, ne comprenant ni où il était, ni comment il y était venu, il se mit à dévorer. Puis, quand il n'eut plus faim, se trouvant excité comme il arrive aux enfants qui rompent leurs habitudes, il eut plus d'esprit, plus de curiosité et plus de raisonnement qu'à l'ordinaire. Il se fit expliquer où il était, et quand il sut que c'était au milieu d'un bois, il eut un peu peur.

---

1. Comme quelqu'un qui cherche à comprendre où il est; **2.** *Ciel de lit* : tentures ou pièces quelconques d'ornementation placées au-dessus du lit; **3.** *La clef*, c'est-à-dire le moyen d'ouvrir nos appétits.

« Y a-t-il des méchantes bêtes dans ce bois? demanda-t-il à son père.

— Non, fit le père, il n'y en a point. Ne crains rien.

— Tu as donc menti quand tu m'as dit que si j'allais avec toi dans les grands bois les loups m'emporteraient?

— Voyez-vous ce raisonneur[1]? dit Germain embarrassé.

— Il a raison, reprit la petite Marie, vous lui avez dit cela : il a bonne mémoire, il s'en souvient. Mais apprends, mon petit Pierre, que ton père ne ment jamais. Nous avons passé les grands bois pendant que tu dormais, et nous sommes à présent dans les petits bois, où il n'y a pas de méchantes bêtes.

— Les petits bois sont-ils bien loin des grands?

— Assez loin; d'ailleurs les loups ne sortent pas des grands bois. Et puis, s'il en venait ici, ton père les tuerait.

— Et toi aussi, petite Marie?

— Et nous aussi, car tu nous aiderais bien, mon Pierre? Tu n'as pas peur, toi? Tu taperais bien dessus?

— Oui, oui, dit l'enfant enorgueilli, en prenant une pose héroïque, nous les tuerions!

— Il n'y a personne comme toi pour parler aux enfants, dit Germain à la petite Marie, et pour leur faire entendre raison. Il est vrai qu'il n'y a pas longtemps que tu étais toi-même un petit enfant, et tu te souviens de ce que te disait ta mère. Je crois bien que plus on est jeune, mieux on s'entend avec ceux qui le sont. J'ai grand'peur qu'une femme de trente ans, qui ne sait pas encore ce que c'est que d'être mère, n'apprenne avec peine à babiller et à raisonner avec des marmots.

— Pourquoi donc pas, Germain? Je ne sais pourquoi vous avez une mauvaise idée touchant cette femme; vous en reviendrez[2]!

— Au diable la femme! dit Germain. Je voudrais en être revenu pour n'y plus retourner. Qu'ai-je besoin d'une femme que je ne connais pas?

— Mon petit père, dit l'enfant, pourquoi donc est-ce que tu parles toujours de ta femme aujourd'hui, puisqu'elle est morte?...

---

1. *Raisonneur* est presque toujours pris en mauvaise part. « Il y a bien de la différence entre un raisonneur et un homme raisonnable » (Diderot, *Pensées sur la peinture*); 2. *Vous en reviendrez... je voudrais en être revenu. En revenir* est pris d'abord au sens figuré puis au sens propre.

— Hélas! tu ne l'as donc pas oubliée, toi, ta pauvre chère mère?

— Non, puisque je l'ai vu mettre dans une belle boîte de bois blanc, et que ma grand'mère m'a conduit auprès pour l'embrasser et lui dire adieu!... Elle était toute blanche et toute froide, et tous les soirs ma tante me fait prier le bon Dieu pour qu'elle aille se réchauffer avec lui dans le ciel. Crois-tu qu'elle y soit, à présent?

— Je l'espère, mon enfant; mais il faut toujours prier, ça fait voir à ta mère que tu l'aimes.

— Je vas dire ma prière, reprit l'enfant; je n'ai pas pensé à la dire ce soir. Mais je ne peux pas la dire tout seul; j'en oublie toujours un peu. Il faut que la petite Marie m'aide.

— Oui, mon Pierre, je vas t'aider, dit la jeune fille. Viens là te mettre à genoux sur moi. »

L'enfant s'agenouilla sur la jupe de la jeune fille, joignit ses petites mains, et se mit à réciter sa prière, d'abord avec attention et ferveur, car il savait très bien le commencement; puis avec plus de lenteur et d'hésitation, et enfin répétant mot à mot ce que lui dictait la petite Marie, lorsqu'il arriva à cet endroit de son oraison, où le sommeil le gagnant chaque soir, il n'avait jamais pu l'apprendre jusqu'au bout. Cette fois encore, le travail[1] de l'attention et la monotonie de son propre accent produisirent leur effet accoutumé; il ne prononça plus qu'avec effort les dernières syllabes, et encore après se les être fait répéter trois; fois sa tête s'appesantit et se pencha sur la poitrine de Marie : ses mains se détendirent, se séparèrent et retombèrent ouvertes sur ses genoux. A la lueur du feu du bivouac[2], Germain regarda son petit ange assoupi sur le cœur de la jeune fille, qui, le soutenant dans ses bras et réchauffant ses cheveux blonds de sa pure haleine, s'était laissé aller aussi à une rêverie pieuse, et priait mentalement pour l'âme de Catherine.

Germain fut attendri, chercha ce qu'il pourrait dire à la petite Marie pour lui exprimer ce qu'elle lui inspirait d'estime et de reconnaissance, mais ne trouva rien qui pût rendre sa pensée. Il s'approcha d'elle pour embrasser son fils qu'elle tenait toujours pressé contre son sein, et il eut peine à détacher ses lèvres du front du petit Pierre.

« Vous l'embrassez trop fort, lui dit Marie en repoussant

---

1. La fatigue; **2.** *Bivouac* : campement en plein air.

doucement la tête du laboureur, vous allez le réveiller. Laissez-moi le recoucher, puisque le voilà reparti pour les rêves du paradis. »

L'enfant se laissa coucher, mais en s'étendant sur la peau de chèvre du bât, il demanda s'il était sur la Grise. Puis ouvrant ses grands yeux bleus, et les tenant fixés vers les branches pendant une minute, il parut rêver tout éveillé, ou être frappé d'une idée qui avait glissé dans son esprit durant le jour, et qui s'y formulait à l'approche du sommeil. « Mon petit père, dit-il, si tu veux me donner une autre mère, je veux que ce soit la petite Marie. »

Et, sans attendre de réponse, il ferma les yeux et s'endormit.

X

MALGRÉ LE FROID

La petite Marie ne parut pas faire d'autre attention aux paroles bizarres[1] de l'enfant que de les regarder comme une preuve d'amitié ; elle l'enveloppa avec soin, ranima le feu, et, comme le brouillard endormi sur la mare voisine ne paraissait nullement près de s'éclaircir, elle conseilla à Germain de s'arranger auprès du feu pour faire un somme.

« Je vois que cela vous vient déjà, lui dit-elle, car vous ne dites plus mot, et vous regardez la braise comme votre petit faisait tout à l'heure. Allons, dormez, je veillerai à l'enfant et à vous.

— C'est toi qui dormiras, répondit le laboureur, et moi je vous garderai tous les deux, car jamais je n'ai eu moins envie de dormir ; j'ai cinquante idées dans la tête.

— Cinquante, c'est beaucoup, dit la fillette avec une intention un peu moqueuse ; il y a tant de gens qui seraient heureux d'en avoir une[2] !

— Eh bien ! si je ne suis pas capable d'en avoir cinquante, j'en ai du moins une qui ne me lâche pas depuis une heure.

— Et je vas vous la dire, ainsi que celles que vous aviez auparavant.

— Eh bien ! oui, dis-la, si tu la devines, Marie ; dis-la-moi toi-même, ça me fera plaisir.

---

1. Inattendues ; **2.** Cette observation ne convient guère à l'âge et à la simplicité de la petite Marie.

LA MARE AU DIABLE — 53

— Il y a une heure, reprit-elle, vous aviez l'idée de manger... et à présent vous avez l'idée de dormir.

— Marie, je ne suis qu'un bouvier, mais vraiment tu me prends pour un bœuf. Tu es une méchante fille, et je vois bien que tu ne veux point causer avec moi. Dors donc, cela vaudra mieux que de critiquer[1] un homme qui n'est pas gai.

— Si vous voulez causer, causons, dit la petite fille en se couchant à demi auprès de l'enfant, et en appuyant sa tête contre le bât. Vous êtes en train de vous tourmenter, Germain, et en cela vous ne montrez pas beaucoup de courage pour un homme. Que ne dirais-je pas, moi, si je ne me défendais pas de mon mieux contre mon propre chagrin?

— Oui, sans doute, et c'est là justement ce qui m'occupe, ma pauvre enfant! Tu vas vivre loin de tes parents et dans un vilain pays de landes et de marécages, où tu attraperas les fièvres d'automne, où les bêtes à laine ne profitent pas, ce qui chagrine toujours une bergère qui a bonne intention[2]; enfin tu seras au milieu d'étrangers qui ne seront peut-être pas bons pour toi, qui ne comprendront pas ce que tu vaux. Tiens, ça me fait plus de peine que je ne peux te le dire, et j'ai envie de te ramener chez ta mère au lieu d'aller à Fourche.

— Vous parlez avec beaucoup de bonté, mais sans raison, mon pauvre Germain; on ne doit pas être lâche[3] pour ses amis, et, au lieu de me raconter le mauvais côté de mon sort, vous devriez m'en montrer le bon, comme vous le faisiez quand nous avons goûté chez la Rebec.

— Que veux-tu! ça me paraissait ainsi dans ce moment-là, et à présent ça me paraît autrement. Tu ferais mieux de trouver un mari.

— Ça ne se peut pas, Germain, je vous l'ai dit; et comme ça ne se peut pas, je n'y pense pas.

— Mais enfin si ça se trouvait? Peut-être que si tu voulais me dire comme tu souhaiterais qu'il fût, je parviendrais à imaginer quelqu'un.

— Imaginer n'est pas trouver. Moi, je n'imagine rien, puisque c'est inutile.

— Tu n'aurais pas l'idée[4] de trouver un riche?

— Non, bien sûr, puisque je suis pauvre comme Job[5].

---

1. Railler; **2.** Qui veut bien faire son métier; **3.** Faible; **4.** L'intention, la pensée. Langage familier; **5.** *Job*, personnage biblique. C'était un riche Israélite que Satan, avec la permission de Dieu, accabla de malheurs pour le mettre à l'épreuve, et qui n'en continua pas moins de bénir la main qui le frappait.

— Mais s'il était à son aise, ça ne te ferait pas de peine d'être bien logée, bien nourrie, bien vêtue et dans une famille de braves gens qui te permettrait d'assister ta mère ?

— Oh! pour cela, oui! assister ma mère est tout mon souhait.

— Et si cela se rencontrait, quand même l'homme ne serait pas de la première jeunesse, tu ne ferais pas trop la difficile ?

— Ah! pardonnez-moi, Germain. C'est justement la chose à laquelle je tiendrais. Je n'aimerais pas un vieux !

— Un vieux, sans doute; mais par exemple, un homme de mon âge ?

— Votre âge est vieux pour moi, Germain; j'aimerais l'âge de Bastien, quoique Bastien ne soit pas si joli homme que vous.

— Tu aimerais mieux Bastien le porcher ? dit Germain avec humeur. Un garçon qui a les yeux faits comme les bêtes qu'il mène ?

— Je passerais par-dessus[1] ses yeux, à cause de ses dix-huit ans. »

Germain se sentit horriblement jaloux. « Allons, dit-il, je vois que tu en tiens pour Bastien. C'est une drôle d'idée, pas moins[2] !

— Oui, ce serait une drôle d'idée, répondit la petite Marie en riant aux éclats, et ça ferait un drôle de mari. On lui ferait accroire[3] tout ce qu'on voudrait. Par exemple, l'autre jour, j'avais ramassé une tomate dans le jardin à monsieur le curé; je lui ai dit que c'était une belle pomme rouge, et il a mordu dedans comme un goulu. Si vous aviez vu quelle grimace! Mon Dieu, qu'il était vilain!

— Tu ne l'aimes donc pas, puisque tu te moques de lui ?

— Ce ne serait pas une raison. Mais je ne l'aime pas : il est brutal avec sa petite sœur, et il est malpropre.

— Eh bien! tu ne te sens pas portée pour quelque autre ?

— Qu'est-ce que ça vous fait, Germain ?

— Ça ne me fait rien, c'est pour parler. Je vois, petite fille, que tu as déjà un galant dans la tête.

— Non, Germain, vous vous trompez, je n'en ai pas encore; ça pourra venir plus tard : mais puisque je ne me marierai que quand j'aurai un peu amassé, je suis destinée à me marier tard et avec un vieux.

---

1. *Passer par-dessus* : ne pas tenir compte, ne pas faire grief; **2.** *Pas moins* : tout de même; **3.** *Accroire* : faire croire ce qui n'est pas.

— Eh bien! prends-en un vieux tout de suite.

— Non pas! quand je ne serai plus jeune, ça me sera égal; à présent, ce serait différent.

— Je vois bien, Marie, que je te déplais : c'est assez clair », dit Germain avec dépit, et sans peser ses paroles.

La petite Marie ne répondit pas. Germain se pencha vers elle : elle dormait; elle était tombée vaincue et comme foudroyée par le sommeil, comme font les enfants qui dorment déjà lorsqu'ils babillent encore.

Germain fut content qu'elle n'eût pas fait attention à ses dernières paroles; il reconnut qu'elles n'étaient point sages, et il lui tourna le dos pour se distraire[1] et changer de pensée.

Mais il eut beau faire, il ne put s'endormir, ni songer à autre chose qu'à ce qu'il venait de dire. Il tourna vingt fois autour du feu, il s'éloigna, il revint; enfin, se sentant aussi agité que s'il eût avalé de la poudre à canon[2], il s'appuya contre l'arbre qui abritait les deux enfants et les regarda dormir.

« Je ne sais pas comment je ne m'étais jamais aperçu, pensait-il que cette petite Marie est la plus jolie fille du pays!... Elle n'a pas beaucoup de couleur[3], mais elle a un petit visage frais comme une rose de buissons! Quelle gentille bouche et quel mignon petit nez!... Elle n'est pas grande pour son âge, mais elle est faite comme une petite caille et légère comme un petit pinson!... Je ne sais pas pourquoi on fait tant de cas chez nous d'une grande et grosse femme bien vermeille... La mienne était plutôt mince et pâle, et elle me plaisait par-dessus tout... Celle-ci est toute délicate, mais elle ne s'en porte pas plus mal, et elle est jolie à voir comme un chevreau blanc!... Et puis, quel air doux et honnête[4]! comme on lit son bon cœur dans ses yeux, même lorsqu'ils sont fermés pour dormir!... Quant à de l'esprit, elle en a plus que ma chère Catherine n'en avait, il faut en convenir, et on ne s'ennuierait pas avec elle... C'est gai, c'est sage, c'est laborieux, c'est aimant, et c'est drôle. Je ne vois pas ce qu'on pourrait souhaiter de mieux...

« Mais qu'ai-je à m'occuper de tout cela? reprenait Germain, en tâchant de regarder d'un autre côté. Mon beau-

---

1. Détourner son esprit (*dis, trahere*); **2.** On trouve beaucoup d'expressions empruntées à cette croyance que l'absorption d'une matière quelconque permet d'assimiler en même temps les qualités essentielles de cette matière; **3.** Elle n'a pas le teint rouge; **4.** *Honnête* évoque un ensemble de qualités morales, et non pas simplement la probité.

père ne voudrait pas en entendre parler, et toute la famille me traiterait de fou!... D'ailleurs, elle-même ne voudrait pas de moi, la pauvre enfant!... Elle me trouve trop vieux : elle me l'a dit... Elle n'est pas intéressée, elle se soucie peu d'avoir encore de la misère et de la peine, de porter de pauvres habits, et de souffrir de la faim pendant deux ou trois mois de l'année, pourvu qu'elle contente son cœur un jour, et qu'elle puisse se donner à un mari qui lui plaira...; elle a raison, elle! je ferais de même à sa place... et, dès à présent, si je pouvais suivre ma volonté, au lieu de m'embarquer dans un mariage qui ne me sourit pas, je choisirais une fille à mon gré... »

Plus Germain cherchait à raisonner et à se calmer, moins il en venait à bout. Il s'en allait à vingt pas de là, se perdre dans le brouillard; et puis, tout à coup, il se retrouvait à genoux à côté des deux enfants endormis. Une fois même il voulut embrasser Petit-Pierre, qui avait un bras passé autour du cou de Marie, et il se trompa si bien que Marie, sentant une haleine chaude comme le feu courir sur ses lèvres, se réveilla et le regarda d'un air tout effaré, ne comprenant rien du tout à ce qui se passait en lui.

« Je ne vous voyais pas, mes pauvres enfants! dit Germain en se retirant bien vite. J'ai failli tomber sur vous et vous faire du mal. »

La petite Marie eut la candeur de le croire, et se rendormit. Germain passa de l'autre côté du feu, et jura à Dieu qu'il n'en bougerait jusqu'à ce qu'elle fût réveillée. Il tint parole, mais ce ne fut pas sans peine. Il crut qu'il en deviendrait fou.

Enfin vers minuit, le brouillard se dissipa, et Germain put voir les étoiles briller à travers les arbres. La lune se dégagea aussi des vapeurs qui la couvraient et commença à semer des diamants sur la mousse humide. Le tronc des chênes restait dans une majestueuse[1] obscurité; mais, un peu plus loin, les tiges blanches des bouleaux semblaient une rangée de fantômes dans leurs suaires. Le feu se reflétait dans la mare; et les grenouilles, commençant à s'y habituer, hasardaient quelques notes grêles et timides; les branches anguleuses des vieux arbres, hérissées de pâles lichens[2], s'étendaient et s'entrecroisaient comme de grands bras décharnés sur la tête de nos voyageurs; c'était un bel

---

1. *Obscurité majestueuse* : qui fait paraître *plus grand* (*majus*, comp. de *magnum*); 2. *Lichens* : sorte de végétation parasite.

endroit[1], mais si désert et si triste, que Germain, las d'y souffrir, se mit à chanter et à jeter des pierres dans l'eau pour
s'étourdir sur l'ennui effrayant de la solitude. Il désirait
aussi éveiller la petite Marie; et lorsqu'il vit qu'elle se
levait et regardait le temps, il lui proposa de se remettre en
route.

« Dans deux heures, lui dit-il, l'approche du jour rendra
l'air si froid que nous ne pourrons plus y tenir, malgré notre
feu... A présent, on voit à se conduire, et nous trouverons
bien une maison qui nous ouvrira, ou du moins quelque
grange où nous pourrons passer à couvert le reste de la
nuit. »

Marie n'avait pas de volonté[2]; et, quoiqu'elle eût encore
grande envie de dormir, elle se disposa à suivre Germain.

Celui-ci prit son fils dans ses bras sans le réveiller, et voulut que Marie s'approchât de lui pour se cacher dans son
manteau, puisqu'elle ne voulait pas reprendre sa cape roulée
autour du petit Pierre.

Quand il sentit la jeune fille si près de lui, Germain, qui
s'était distrait et égayé un instant, recommença à perdre la
tête. Deux ou trois fois il s'éloigna brusquement, et la laissa
marcher seule. Puis voyant qu'elle avait peine à le suivre,
il l'attendait, l'attirait vivement près de lui, et la pressait
si fort, qu'elle en était étonnée et même fâchée sans oser
le dire.

Comme ils ne savaient point du tout de quelle direction
ils étaient partis, ils ne savaient pas celle qu'ils suivaient;
si bien qu'ils remontèrent encore une fois tout le bois, se
retrouvèrent, de nouveau, en face de la lande déserte, revinrent sur leurs pas, et, après avoir tourné et marché longtemps,
ils aperçurent de la clarté à travers les branches.

« Bon ! voici une maison, dit Germain, et des gens
déjà éveillés, puisque le feu est allumé. Il est donc bien
tard ? »

Mais ce n'était pas une maison : c'était le feu de bivouac
qu'ils avaient couvert en partant et qui s'était rallumé à la
brise...

Ils avaient marché pendant deux heures pour se retrouver
au point de départ.

---

1. Notons, à propos de cette belle description, que George Sand, qui travaillait à Nohant la
nuit, se promenait souvent dans la campagne avant le lever du jour; **2.** Pas d'opinion à faire
prévaloir.

XI

A LA BELLE ÉTOILE

« Pour le coup j'y renonce! dit Germain en frappant du pied. On nous a jeté un sort[1], c'est bien sûr, et nous ne sortirons d'ici qu'au grand jour. Il faut que cet endroit soit endiablé[2].

— Allons, allons, ne nous fâchons pas, dit Marie, et prenons-en notre parti. Nous ferons un plus grand feu; l'enfant est si bien enveloppé qu'il ne risque rien, et pour passer une nuit dehors nous n'en mourrons point. Où avez-vous caché la bâtine, Germain? Au milieu des houx, grand étourdi! C'est commode pour aller la reprendre!

— Tiens l'enfant, prends-le, que je retire son lit des broussailles; je ne veux pas que tu te piques les mains.

— C'est fait, voici le lit, et quelques piqûres ne sont pas des coups de sabre, reprit la brave petite fille. »

Elle procéda de nouveau au coucher du petit Pierre, qui était si bien endormi cette fois qu'il ne s'aperçut en rien de ce nouveau voyage. Germain mit tant de bois au feu que toute la forêt en resplendit à la ronde : mais la petite Marie n'en pouvait plus, et quoiqu'elle ne se plaignît de rien, elle ne se soutenait plus sur ses jambes. Elle était pâle et ses dents claquaient de froid et de faiblesse. Germain la prit dans ses bras pour la réchauffer; et l'inquiétude, la compassion, des mouvements de tendresse irrésistible s'emparant de son cœur, firent taire ses sens. Sa langue se délia comme par miracle[3], et toute honte cessant :

« Marie, lui dit-il, tu me plais, et je suis bien malheureux de ne pas te plaire. Si tu voulais m'accepter pour ton mari, il n'y aurait ni beau-père, ni parents, ni voisins, ni conseils qui pussent m'empêcher de me donner à toi. Je sais que tu rendrais mes enfants heureux, que tu leur apprendrais à respecter le souvenir de leur mère, et, ma conscience étant en repos, je pourrais contenter mon cœur. J'ai toujours eu de l'amitié pour toi, et à présent je me sens si amoureux que si tu me demandais de faire toute ma vie tes mille volontés,

---

1. Les paysans du Berry étaient très superstitieux; **2.** Il est endiablé, en effet, puisque c'est celui de la *Mare au Diable*. Voyez au début du chapitre XIV l'explication de la légende qui y est attachée; **3.** Précaution oratoire de George Sand, qui prévoit bien qu'on lui reprochera de prêter à ses paysans un langage au-dessus de leur condition.

je te le jurerais sur l'heure. Vois, je t'en prie, comme je t'aime et tâche d'oublier mon âge. Pense que c'est une fausse idée qu'on se fait quand on croit qu'un homme de trente ans est vieux. D'ailleurs je n'ai que vingt-huit ans! une jeune fille craint de se faire critiquer en prenant un homme qui a dix ou douze ans de plus qu'elle, parce que ce n'est pas la coutume du pays; mais j'ai entendu dire que dans d'autres pays on ne regardait point à cela; qu'au contraire on aimait mieux donner pour soutien, à une jeunesse, un homme raisonnable et d'un courage bien éprouvé qu'un jeune gars qui peut se déranger[1], et, de bon sujet qu'on le croyait, devenir un mauvais garnement. D'ailleurs, les années ne font pas toujours l'âge. Cela dépend de la force et de la santé qu'on a. Quand un homme est usé par trop de travail et de misère ou par la mauvaise conduite, il est vieux avant vingt-cinq ans. Au lieu que moi... Mais tu ne m'écoutes pas, Marie.

— Si fait, Germain, je vous entends bien, répondit la petite Marie, mais je songe à ce que m'a toujours dit ma mère : c'est qu'une femme de soixante ans est bien à plaindre quand son mari en a soixante-dix ou soixante-quinze, et qu'il ne peut plus travailler pour la nourrir. Il devient infirme, et il faut qu'elle le soigne à l'âge où elle commencerait elle-même à avoir grand besoin de ménagement et de repos. C'est ainsi qu'on arrive à finir sur la paille.

— Les parents ont raison de dire cela, j'en conviens, Marie, reprit Germain; mais enfin ils sacrifieraient tout le temps de la jeunesse, qui est le meilleur, à prévoir ce qu'on deviendra à l'âge où l'on n'est plus bon à rien, et où il est indifférent de finir d'une manière ou d'une autre[2]. Mais moi, je ne suis pas dans le danger de mourir de faim sur mes vieux jours. Je suis à même d'amasser quelque chose, puisque, vivant avec les parents de ma femme, je travaille beaucoup et ne dépense rien. D'ailleurs, je t'aimerai tant, vois-tu, que ça m'empêchera de vieillir. On dit que quand un homme est heureux, il se conserve, et je sens bien que je suis plus jeune que Bastien pour t'aimer; car il ne t'aime pas, lui, il est trop bête, trop enfant pour comprendre comme tu es jolie et bonne, et faite pour être recherchée. Allons, Marie, ne me déteste pas, je ne suis pas un méchant homme : j'ai rendu ma Catherine heureuse; elle a dit devant Dieu à son lit de mort

---

1. Avoir une mauvaise conduite; **2.** Noter le fatalisme du paysan berrichon, qui considère sa fin comme un événement naturel qu'il faut laisser s'accomplir.

qu'elle n'avait jamais eu de moi que du contentement, et elle m'a recommandé de me remarier. Il semble que son esprit ait parlé ce soir à son enfant, au moment où il s'est endormi. Est-ce que tu n'as pas entendu ce qu'il disait ? et comme sa petite bouche tremblait, pendant que ses yeux regardaient en l'air quelque chose que nous ne pouvions pas voir ! Il voyait sa mère[1], sois-en sûre, et c'était elle qui lui faisait dire qu'il te voulait pour la remplacer.

— Germain, répondit Marie, tout étonnée et toute pensive, vous parlez honnêtement et tout ce que vous dites est vrai. Je suis sûre que je ferais bien de vous aimer, si ça ne mécontentait pas trop vos parents : mais que voulez-vous que j'y fasse ? le cœur ne m'en dit pas pour vous. Je vous aime bien, mais quoique votre âge ne vous enlaidisse pas, il me fait peur. Il me semble que vous êtes quelque chose pour moi comme un oncle ou un parrain ; que je vous dois le respect, et que vous auriez des moments où vous me traiteriez comme une petite fille plutôt que comme votre femme et votre égale. Enfin, mes camarades se moqueraient peut-être de moi, et quoique ça soit une sottise de faire attention à cela, je crois que je serais honteuse et un peu triste le jour de mes noces.

— Ce sont là des raisons d'enfant ; tu parles tout à fait comme un enfant, Marie !

— Eh bien ! oui, je suis un enfant, dit-elle, et c'est à cause de cela que je crains un homme trop raisonnable. Vous voyez bien que je suis trop jeune pour vous, puisque déjà vous me reprochez de parler sans raison ! Je ne puis pas avoir plus de raison que mon âge n'en comporte.

— Hélas ! mon Dieu, que je suis donc à plaindre d'être si maladroit et de dire si mal ce que je pense ! s'écria Germain. Marie, vous ne m'aimez pas, voilà le fait ; vous me trouvez trop simple et trop lourd[2]. Si vous m'aimiez un peu, vous ne verriez pas si clairement mes défauts. Mais vous ne m'aimez pas, voilà !

— Eh bien ! ce n'est pas ma faute, répondit-elle, un peu blessée de ce qu'il ne la tutoyait plus ; j'y fais mon possible en vous écoutant, mais plus je m'y essaie et moins je peux me mettre dans la tête que nous devions être mari et femme. »

Germain ne répondit pas. Il mit sa tête dans ses deux

---

1. On croyait beaucoup aux revenants et aux fantômes, dans le Berry. Les gens et même les animaux *revenaient* après leur mort, et se manifestaient à leurs familiers ; **2.** Lourd d'esprit.

mains et il fut impossible à la petite Marie de savoir s'il pleurait, s'il boudait, ou s'il était endormi. Elle fut un peu
inquiète de le voir si morne et de ne pas deviner ce qui rou-
lait dans son esprit ; mais elle n'osa pas lui parler davantage,
et comme elle était trop étonnée de ce qui venait de se passer
pour avoir envie de se rendormir, elle attendit le jour avec
impatience, soignant toujours le feu et veillant l'enfant, dont
Germain paraissait ne plus se souvenir. Cependant Germain
ne dormait point ; il ne réfléchissait pas à son sort, et ne
faisait ni projets de courage[1], ni plans de séduction. Il souf-
frait, il avait une montagne d'ennuis sur le cœur. Il aurait
voulu être mort. Tout paraissait devoir tourner mal pour
lui, et s'il eût pu pleurer il ne l'aurait pas fait à demi. Mais
il y avait un peu de colère contre lui-même, mêlée à sa
peine, et il étouffait sans pouvoir et sans vouloir se
plaindre.

Quand le jour fut venu et que les bruits de la campagne
l'annoncèrent à Germain, il sortit son visage de ses mains
et se leva. Il vit que la petite Marie n'avait pas dormi non
plus, mais il ne sut rien lui dire pour marquer sa sollicitude.
Il était tout à fait découragé. Il cacha de nouveau le bât de
la Grise dans les buissons, prit son sac sur son épaule, et
tenant son fils par la main :

« A présent, Marie, dit-il, nous allons tâcher d'achever
notre voyage. Veux-tu que je te conduise aux Ormeaux ?

— Nous sortirons du bois ensemble, lui répondit-elle, et
quand nous saurons où nous sommes, nous irons chacun de
de notre côté. »

Germain ne répondit pas. Il était blessé de ce que la jeune
fille ne lui demandait pas de la mener jusqu'aux Ormeaux,
et il ne s'apercevait pas qu'il le lui avait offert d'un ton qui
semblait provoquer un refus.

Un bûcheron qu'ils rencontrèrent au bout de deux cents
pas les mit dans le bon chemin, et leur dit qu'après avoir
passé la grande prairie ils n'avaient qu'à prendre, l'un tout
droit, l'autre sur la gauche, pour gagner leurs différents
gîtes, qui étaient d'ailleurs si voisins qu'on voyait distinc-
tement les maisons de Fourche de la ferme des Ormeaux,
et réciproquement.

Puis, quand ils eurent remercié et dépassé le bûcheron,

---

1. Pour prendre son parti de son échec.

celui-ci les rappela pour leur demander s'ils n'avaient pas
perdu un cheval.

« J'ai trouvé, leur dit-il, une belle jument grise dans ma
cour, où peut-être le loup l'aura forcée de chercher un refuge.
Mes chiens ont *jappé à nuitée*[1], et au point du jour j'ai vu la
bête chevaline sous mon hangar; elle y est encore. Allons-y,
et si vous la reconnaissez, emmenez-la. »

Germain ayant donné d'avance le signalement de la Grise
et s'étant convaincu qu'il s'agissait bien d'elle, se mit en
route pour aller rechercher son bât. La petite Marie lui
offrit alors de conduire son enfant aux Ormeaux, où il viendrait le reprendre lorsqu'il aurait fait son entrée[2] à Fourche.

« Il est un peu malpropre après la nuit que nous avons
passée, dit-elle. Je nettoierai ses habits, je laverai son joli
museau, je le peignerai et, quand il sera beau et brave[3], vous
pourrez le présenter à votre nouvelle famille.

— Et qui te dit que je veuille aller à Fourche? répondit
Germain avec humeur. Peut-être n'irai-je pas!

— Si fait, Germain, vous devez y aller, vous irez, reprit
la jeune fille.

— Tu es bien pressée que je me marie avec une autre,
afin d'être sûre que je ne t'ennuierai plus?

— Allons, Germain, ne pensez plus à cela : c'est une idée
qui vous est venue dans la nuit, parce que cette mauvaise
aventure avait un peu dérangé vos esprits[4]. Mais à présent
il faut que la raison vous revienne; je vous promets d'oublier
ce que vous m'avez dit et de n'en jamais parler à personne.

— Eh! parles-en si tu veux. Je n'ai pas l'habitude de
renier mes paroles. Ce que je t'ai dit était vrai, honnête,
et je n'en rougirai devant personne.

— Oui; mais si votre femme savait qu'au moment d'arriver, vous avez pensé à une autre, ça la disposerait mal
pour vous. Ainsi faites attention aux paroles que vous direz
maintenant; ne me regardez pas comme ça devant tout le
monde, avec un air tout singulier. Songez au père Maurice
qui compte sur votre obéissance, et qui serait en colère contre
moi si je vous détournais de faire sa volonté. Bonjour, Germain; j'emmène Petit-Pierre afin de vous forcer[5] d'aller à
Fourche. C'est un gage que je vous garde.

---

1. Toute la nuit; **2.** Après s'être présenté...; **3.** Bien habillé; **4.** *Esprits* : ensemble des
facultés intellectuelles; **5.** Seul, Germain n'aura plus de prétexte pour ne pas aller à Fourche,
tandis que la présence de l'enfant pourrait l'en empêcher.

— Tu veux donc aller avec elle? dit le laboureur à son fils, en voyant qu'il s'attachait aux mains de la petite Marie, et qu'il la suivait résolument.

— Oui, père, répondit l'enfant qui avait écouté et compris à sa manière ce qu'on venait de dire sans méfiance devant lui. Je m'en vais avec ma Marie mignonne : tu viendras me chercher quand tu auras fini de te marier; mais je veux que Marie reste ma petite mère.

— Tu vois bien qu'il le veut, lui! dit Germain à la jeune fille. Écoute, Petit-Pierre, ajouta-t-il, moi je le souhaite, qu'elle soit ta mère et qu'elle reste toujours avec toi; c'est elle qui ne le veut pas. Tâche qu'elle t'accorde ce qu'elle me refuse.

— Sois tranquille, mon père, je lui ferai dire oui : la petite Marie fait toujours ce que je veux. »

Il s'éloigna avec la jeune fille. Germain resta seul, plus triste, plus irrésolu que jamais.

XII

LA LIONNE[1] DU VILLAGE

Cependant, quand il eut réparé le désordre du voyage dans ses vêtements et dans l'équipage de son cheval, quand il fut monté sur la Grise et qu'on lui eut indiqué le chemin de Fourche, il pensa qu'il n'y avait plus à reculer, et qu'il fallait oublier cette nuit d'agitations comme un rêve dangereux.

Il trouva le père Léonard au seuil de sa maison blanche, assis sur un beau banc de bois peint en vert épinard. Il y avait six marches de pierre disposées en perron, ce qui faisait voir que la maison avait une cave[2]. Le mur du jardin et de la chènevière[3] était crépi[4] à chaux et à sable. C'était une belle habitation; il s'en fallait de peu qu'on ne la prît pour une maison de bourgeois.

Le futur beau-père vint au-devant de Germain, et, après lui avoir demandé, pendant cinq minutes, des nouvelles de

---

1. Sous le règne de Louis-Philippe et pendant le second Empire on appelait *lion* et *lionne* les personnes qui se singularisaient par leur élégance et par leur conduite. Ce terme est employé ici par dérision; **2.** Il était alors exceptionnel que les habitations des paysans berrichons eussent une cave; **3.** Terrain semé de chènevis. Le chènevis est la graine du chanvre; **4.** Recouvert d'un enduit...

toute sa famille, il ajouta la phrase consacrée à questionner poliment ceux qu'on rencontre, sur le but de leur voyage : « *Vous êtes donc venu pour vous promener par ici ?*

— Je suis venu vous voir, répondit le laboureur, et vous présenter ce petit cadeau de gibier de la part de mon beau-père, en vous disant, aussi de sa part, que vous devez savoir dans quelles intentions je viens chez vous.

— Âh ! ah ! dit le père Léonard en riant et en frappant sur son estomac rebondi, je vois, j'entends, j'y suis ! Et, clignant de l'œil, il ajouta : Vous ne serez pas le seul à faire vos compliments[1], mon jeune homme. Il y en a déjà trois à la maison qui attendent comme vous. Moi, je ne renvoie personne, et je serais bien embarrassé de donner tort ou raison à quelqu'un, car ce sont tous de bons partis. Pourtant, à cause du père Maurice et de la qualité des terres que vous cultivez, j'aimerais mieux que ce fût vous. Mais ma fille est majeure et maîtresse de son bien ; elle agira donc selon son idée. Entrez, faites-vous connaître ; je souhaite que vous ayez le bon numéro !

— Pardon, excuse, répondit Germain, fort surpris de se trouver en surnuméraire[2] là où il avait compté d'être seul. Je ne savais pas que votre fille fût déjà pourvue de prétendants, et je n'étais pas venu pour la disputer aux autres.

— Si vous avez cru que, parce que vous tardiez à venir, répondit, sans perdre sa bonne humeur, le père Léonard, ma fille se trouvait au dépourvu, vous vous êtes grandement trompé, mon garçon. La Catherine a de quoi attirer les épouseurs, et elle n'aura que l'embarras du choix. Mais entrez à la maison, vous dis-je, et ne perdez pas courage. C'est une femme qui vaut la peine d'être disputée. »

Et en poussant Germain par les épaules avec une rude gaieté : « Allons, Catherine, s'écria-t-il en entrant dans la maison, en voilà un de plus ! »

Cette manière joviale mais grossière d'être présenté à la veuve, en présence de ses autres soupirants, acheva de troubler et de mécontenter le laboureur. Il se sentit gauche et resta quelques instants sans oser lever les yeux sur la belle et sur sa cour.

La veuve Guérin était bien faite et ne manquait pas de fraîcheur. Mais elle avait une expression de visage et une

---

1. Faire la cour ; **2.** En surnombre. Cf. J.-J. Rousseau : « Comment me souffrir surnuméraire près de celle pour qui j'avais été tout... » (*Confessions*, VI).

toilette qui déplurent tout d'abord à Germain. Elle avait l'air hardi[1] et content d'elle-même, et ses cornettes[2] garnies d'un triple rang de dentelle, son tablier de soie, et son fichu de blonde[3] noire étaient peu en rapport avec l'idée qu'il s'était faite d'une veuve sérieuse et rangée.

Cette recherche d'habillement et ces manières dégagées la lui firent trouver vieille et laide, quoiqu'elle ne fût ni l'un ni l'autre. Il pensa qu'une si jolie parure et des manières si enjouées siéraient à l'âge et à l'esprit de la petite Marie, mais que cette veuve avait la plaisanterie lourde et hasardée[4], et qu'elle portait sans distinction ses beaux atours[5].

Les trois prétendants étaient assis à une table chargée de vins et de viandes, qui étaient là en permanence pour eux toute la matinée du dimanche ; car le père Léonard aimait à faire montre de sa richesse, et la veuve n'était pas fâchée non plus d'étaler sa belle vaisselle, et de tenir table[6] comme une rentière. Germain, tout simple et confiant qu'il était, observa les choses avec assez de pénétration, et pour la première fois de sa vie il se tint sur la défensive en trinquant[7]. Le père Léonard l'avait forcé de prendre place avec ses rivaux, et, s'asseyant lui-même vis-à-vis de lui, il le traitait de son mieux et s'occupait de lui avec prédilection. Le cadeau de gibier, malgré la brèche que Germain y avait faite pour son propre compte, était encore assez copieux pour produire de l'effet. La veuve y parut sensible, et les prétendants y jetèrent un coup d'œil de dédain.

Germain se sentait mal à l'aise en cette compagnie et ne mangeait pas de bon cœur. Le père Léonard l'en plaisanta. « Vous voilà bien triste, lui dit-il, et vous boudez contre votre verre. Il ne faut pas que l'amour vous coupe l'appétit, car un galant à jeun ne sait point trouver de jolies paroles comme celui qui s'est éclairci les idées avec une petite pointe de vin. » Germain fut mortifié qu'on le supposât déjà amoureux, et l'air maniéré[8] de la veuve, qui baissa les yeux en souriant, comme une personne sûre de son fait[9], lui donna l'envie de protester contre sa prétendue défaite ; mais il craignit de paraître incivil, sourit et prit patience.

Les galants de la veuve lui parurent trois rustres[10]. Il

---

1. Effronté ; **2.** Coiffes ; **3.** Dentelle de soie ; **4.** Grivoise ; **5.** L'ensemble de la parure ; **6.** *Tenir table* : offrir de copieux repas ; **7.** Il but modérément, afin de garder toute sa tête ; **8.** Plein d'affectation ; **9.** Sûre de l'impression favorable qu'elle produit ; **10.** *Rustres* est le même mot que *rustiques*, mais il est pris dans un sens péjoratif.

fallait qu'ils fussent bien riches pour qu'elle admît leurs
prétentions. L'un avait plus de quarante ans et était quasi
aussi gros que le père Léonard; un autre était borgne et
buvait tant qu'il en était abruti; le troisième était jeune et
assez joli garçon; mais il voulait faire de l'esprit et disait
des choses si plates que cela faisait pitié. Pourtant la veuve en
riait comme si elle eût admiré toutes ces sottises, et, en cela,
elle ne faisait pas preuve de goût. Germain crut d'abord
qu'elle en était coiffée[1]; mais bientôt il s'aperçut qu'il était
lui-même encouragé d'une manière particulière, et qu'on
souhaitait qu'il se livrât davantage[2]. Ce lui fut une raison
pour se sentir et se montrer plus froid et plus grave.

L'heure de la messe arriva, et on se leva de table pour s'y
rendre ensemble. Il fallait aller jusqu'à Mers, à une bonne
demi-lieue de là, et Germain était si fatigué qu'il eût fort
souhaité avoir le temps de faire un somme auparavant;
mais il n'avait pas coutume de manquer la messe, et il se
mit en route avec les autres.

Les chemins étaient couverts de monde, et la veuve
marchait d'un air fier[3], escortée de ses trois prétendants,
donnant le bras tantôt à l'un, tantôt à l'autre, se rengorgeant
et portant haut la tête. Elle eût fort souhaité produire[4] le qua-
trième aux yeux des passants; mais Germain trouva si ridi-
cule d'être traîné ainsi de compagnie[5] par un cotillon[6], à la
vue de tout le monde, qu'il se tint à distance convenable,
causant avec le père Léonard, et trouvant moyen de le distraire[7] et de l'occuper assez pour qu'ils n'eussent point l'air
de faire partie de la bande.

XIII

LE MAITRE

Lorsqu'ils atteignirent le village, la veuve s'arrêta pour
les attendre. Elle voulait absolument faire son entrée avec
tout son monde; mais Germain, lui refusant cette satisfac-
tion, quitta le père Léonard, accosta plusieurs personnes
de sa connaissance, et entra dans l'église par une autre porte.
La veuve en eut du dépit.

---

1. Entichée; 2. Qu'il se montrât plus expansif; 3. Vaniteux; 4. Exhiber; 5. *De compagnie :*
en compagnie de plusieurs autres; 6. Le cotillon est un jupon : par extension, la personne qui
le porte; 7. *Le distraire :* détourner son attention de sa fille et des trois prétendants.

Après la messe, elle se montra partout triomphante sur la pelouse où l'on dansait, et ouvrit la danse avec ses trois amoureux successivement. Germain la regarda faire, et trouva qu'elle dansait bien, mais avec affectation.

« Eh bien! lui dit Léonard en lui frappant sur l'épaule, vous ne faites donc pas danser ma fille? Vous êtes aussi[1] par trop timide!

— Je ne danse plus depuis que j'ai perdu ma femme, répondit le laboureur.

— Eh bien! puisque vous en recherchez une autre, le deuil est fini dans le cœur comme sur l'habit.

— Ce n'est pas une raison, père Léonard; d'ailleurs je me trouve trop vieux, je n'aime plus la danse.

— Écoutez, reprit Léonard en l'attirant dans un endroit isolé, vous avez pris du dépit, en entrant chez moi, de voir la place déjà entourée d'assiégeants, et je vois que vous êtes très fier[2]; mais ceci n'est pas raisonnable, mon garçon. Ma fille est habituée à être courtisée, surtout depuis deux ans qu'elle a fini son deuil, et ce n'est pas à elle à aller au-devant de vous.

— Il y a deux ans que votre fille est à marier, et elle n'a pas encore pris son parti? dit Germain.

— Elle ne veut pas se presser, et elle a raison. Quoiqu'elle ait la mine éveillée[3] et qu'elle vous paraisse peut-être ne pas beaucoup réfléchir, c'est une femme d'un grand sens, et qui sait fort bien ce qu'elle fait.

— Il ne me semble pas, dit Germain ingénument, car elle a trois galants à sa suite, et si elle savait ce qu'elle veut, il y en aurait au moins deux qu'elle trouverait de trop et qu'elle prierait de rester chez eux.

— Pourquoi donc? vous n'y entendez rien, Germain. Elle ne veut ni du vieux, ni du borgne, ni du jeune, j'en suis quasi certain; mais si elle les renvoyait, on penserait qu'elle veut rester veuve, et il n'en viendrait pas d'autre.

— Ah! oui! ceux-là servent d'enseigne!

— Comme vous dites. Où est le mal, si cela leur convient?

— Chacun son goût! dit Germain.

— Je vois que ce ne serait pas le vôtre. Mais voyons, on peut s'entendre, à supposer que vous soyez préféré : on pourrait vous laisser la place.

---

1. Vraiment; 2. Susceptible; 3. De la vivacité dans le ton et de la liberté dans les manières.

— Oui, à supposer! Et en attendant qu'on puisse le savoir, combien de temps faudrait-il rester le nez au vent[1]?

— Ça dépend de vous, je crois, si vous savez parler et persuader. Jusqu'ici ma fille a très bien compris que le meilleur temps de sa vie serait celui qu'elle passerait à se laisser courtiser, et elle ne se sent pas pressée de devenir la servante d'un homme, quand elle peut commander à plusieurs. Ainsi, tant que le jeu[2] lui plaira, elle peut se divertir; mais si vous plaisez plus que le jeu, le jeu pourra cesser. Vous n'avez qu'à ne pas vous rebuter. Revenez tous les dimanches, faites-la danser, donnez à connaître que vous vous mettez sur les rangs, et si on vous trouve plus aimable et mieux appris[3] que les autres, un beau jour on vous le dira sans doute.

— Pardon, père Léonard, votre fille a le droit d'agir comme elle l'entend, et je n'ai pas celui de la blâmer. A sa place, moi, j'agirais autrement; j'y mettrais plus de franchise et je ne ferais pas perdre du temps à des hommes qui ont sans doute quelque chose de mieux à faire qu'à tourner autour d'une femme qui se moque d'eux. Mais, enfin, si elle trouve son amusement et son bonheur à cela, cela ne me regarde point. Seulement, il faut que je vous dise une chose qui m'embarrasse un peu à vous avouer depuis ce matin, vu que vous avez commencé par vous tromper sur mes intentions, et que vous ne m'avez pas donné le temps de vous répondre : si bien que vous croyez ce qui n'est point. Sachez donc que je ne suis pas venu ici dans la vue de demander votre fille en mariage[4], mais dans celle de vous acheter une paire de bœufs que vous voulez conduire en foire la semaine prochaine, et que mon beau-père suppose lui convenir.

— J'entends, Germain, répondit Léonard fort tranquillement; vous avez changé d'idée en voyant ma fille avec ses amoureux. C'est comme il vous plaira. Il paraît que ce qui attire les uns rebute les autres, et vous avez le droit de vous retirer puisque aussi bien vous n'avez pas encore parlé. Si vous voulez sérieusement acheter mes bœufs, venez les voir au pâturage; nous en causerons, et, que nous fassions ou non ce marché, vous viendrez dîner avec nous avant de vous en retourner.

---

1. *Le nez au vent*, comme un chien qui flaire le vent et l'odeur du gibier; 2. Ce manège de coquetterie; 3. Mieux élevé; 4. En effet, Germain n'a pas dit expressément ses intentions en se présentant au père Léonard (voir chap. XII).

— Je ne veux pas que vous vous dérangiez, reprit Germain, vous avez peut-être affaire ici; moi je m'ennuie un peu de voir danser et de ne rien faire. Je vais voir vos bêtes, et je vous trouverai tantôt chez vous. »

Là-dessus Germain s'esquiva et se dirigea vers les prés, où Léonard lui avait, en effet, montré de loin une partie de son bétail. Il était vrai que le père Maurice en avait à acheter, et Germain pensa que s'il lui ramenait une belle paire de bœufs d'un prix modéré, il se ferait mieux pardonner d'avoir manqué volontairement le but de son voyage.

Il marcha vite et se trouva bientôt à peu de distance des Ormeaux. Il éprouva alors le besoin d'aller embrasser son fils, et même de revoir la petite Marie, quoiqu'il eût perdu l'espoir et chassé la pensée de lui devoir son bonheur. Tout ce qu'il venait de voir et d'entendre, cette femme coquette et vaine, ce père à la fois rusé et borné, qui encourageait sa fille dans des habitudes d'orgueil et de déloyauté, ce luxe des villes, qui lui paraissait une infraction à la dignité des mœurs de la campagne[1], ce temps perdu à des paroles oiseuses[2] et niaises, cet intérieur si différent du sien, et surtout ce malaise profond que l'homme des champs éprouve lorsqu'il sort de ses habitudes laborieuses, tout ce qu'il avait subi d'ennui et de confusion depuis quelques heures donnait à Germain l'envie de se retrouver avec son enfant et sa petite voisine. N'eût-il pas été amoureux de cette dernière, il l'aurait encore cherchée pour se distraire et remettre ses esprits dans leur assiette[3] accoutumée.

Mais il regarda en vain dans les prairies environnantes, il n'y trouva ni la petite Marie ni le petit Pierre : il était pourtant l'heure où les pasteurs sont aux champs. Il y avait un grand troupeau dans une *chôme*[4]; il demanda à un jeune garçon, qui le gardait, si c'étaient les moutons de la métairie des Ormeaux.

« Oui, dit l'enfant.

— En êtes-vous le berger ? est-ce que les garçons gardent les bêtes à laine des métairies, dans votre endroit ?

— Non. Je les garde aujourd'hui parce que la bergère est partie : elle était malade.

---

1. George Sand oppose constamment les mœurs de la ville à celle de la campagne. Contrairement à Balzac, qui s'est montré très dur pour les paysans, elle a accordé à ceux-ci des vertus qu'elle a refusées aux habitants des villes; 2. Inutiles; 3. État, disposition; 4. Terre qu'on a laissée en jachère, c'est-à-dire sans la cultiver.

— Mais n'avez-vous pas une nouvelle bergère, arrivée de ce matin ?

— Oh ! bien oui ! elle est déjà partie aussi.

— Comment, partie ? n'avait-elle pas un enfant avec elle ?

— Oui : un petit garçon qui a pleuré. Ils se sont en allés tous les deux au bout de deux heures.

— En allés, où ?

— D'où ils venaient, apparemment. Je ne le leur ai pas demandé.

— Mais pourquoi donc s'en allaient-ils ? dit Germain, de plus en plus inquiet.

— Dame ! est-ce que je sais ?

— On ne s'est pas entendu sur le prix ? ce devait être pourtant une chose convenue d'avance.

— Je ne peux rien vous en dire. Je les ai vus entrer et sortir, voilà tout. »

Germain se dirigea vers la ferme et questionna les métayers. Personne ne put lui expliquer le fait ; mais il était constant[1] qu'après avoir causé avec le fermier, le jeune fille était partie sans rien dire, emmenant l'enfant qui pleurait.

« Est-ce qu'on a maltraité mon fils ? s'écria Germain dont les yeux s'enflammèrent.

— C'était donc votre fils ? Comment se trouvait-il avec cette petite ? D'où êtes-vous donc et comment vous appelle-t-on ? »

Germain, voyant que, selon l'habitude du pays, on allait répondre à ses questions par d'autres questions, frappa du pied avec impatience et demanda à parler au maître.

Le maître n'y était pas : il n'avait pas coutume de rester la journée entière quand il venait à la ferme. Il était monté à cheval, et il était parti on ne savait pour quelle autre de ses fermes.

« Mais enfin, dit Germain en proie à une vive anxiété, ne pouvez-vous savoir la raison du départ de cette jeune fille ? »

Le métayer échangea un sourire étrange[2] avec sa femme, puis il répondit qu'il n'en savait rien, que cela ne le regardait pas. Tout ce que Germain put apprendre, c'est que la jeune fille et l'enfant étaient allés du côté de Fourche. Il courut à Fourche : la veuve et ses amoureux n'étaient pas

---

1. Certain ; **2.** Ce sourire *étrange* signifie que le métayer n'ignore pas ce qui s'est passé, mais qu'il ne veut rien dire.

de retour, non plus que le père Léonard. La servante lui dit
qu'une jeune fille et un enfant étaient venus le demander,
mais que, ne les connaissant pas, elle n'avait pas voulu les
recevoir, et leur avait conseillé d'aller à Mers.

« Et pourquoi avez-vous refusé de les recevoir ? dit Germain avec humeur. On est donc bien méfiant dans ce pays-ci,
qu'on n'ouvre pas la porte à son prochain ?

— Ah dame ! répondit la servante, dans une maison riche
comme celle-ci on a raison de faire bonne garde. Je réponds[1]
de tout quand les maîtres sont absents, et je ne peux pas
ouvrir aux premiers venus.

— C'est une laide coutume, dit Germain, et j'aimerais
mieux être pauvre que de vivre comme cela dans la crainte.
Adieu, la fille ! adieu à votre vilain pays ! »

Il s'enquit dans les maisons environnantes. On avait vu
la bergère et l'enfant. Comme le petit était parti de Belair
à l'improviste, sans toilette, avec sa blouse un peu déchirée
et sa petite peau d'agneau sur le corps ; comme aussi la
petite Marie était, pour cause[2], fort pauvrement vêtue en
tout temps, on les avait pris pour des mendiants. On leur
avait offert du pain ; la jeune fille en avait accepté un morceau pour l'enfant qui avait faim, puis elle était partie très
vite avec lui, et avait gagné les bois.

Germain réfléchit un instant, puis il demanda si le fermier
des Ormeaux n'était pas venu à Fourche.

« Oui, lui répondit-on ; il a passé à cheval peu d'instants
après cette petite.

— Est-ce qu'il a couru après elle ?

— Ah ! vous le connaissez donc ? dit en riant le cabaretier
de l'endroit, auquel il s'adressait. Oui, certes ; c'est un gaillard endiablé pour courir après les filles. Mais je ne crois pas
qu'il ait attrapé celle-là ; quoique après tout, s'il l'eût vue...

— C'est assez, merci ! » Et il vola plutôt qu'il ne courut à
l'écurie de Léonard. Il jeta la bâtine sur la Grise, sauta
dessus et partit au grand galop dans la direction des bois de
Chanteloube.

Le cœur lui bondissait d'inquiétude et de colère, la sueur
lui coulait du front. Il mettait en sang les flancs de la Grise,
qui, en se voyant sur le chemin de son écurie, ne se faisait
pourtant pas prier pour courir.

---

1. Je suis responsable ; **2.** Pour cause de pauvreté.

XIV

LA VIEILLE

Germain se retrouva bientôt à l'endroit où il avait passé la nuit au bord de la mare. Le feu fumait encore ; une vieille femme ramassait le reste de la provision de bois mort que la petite Marie y avait entassée. Germain s'arrêta pour la questionner. Elle était sourde, et, se méprenant sur ses interrogations :

« Oui, mon garçon, dit-elle, c'est ici la Mare au Diable. C'est un mauvais endroit, et il ne faut pas en approcher sans jeter trois pierres dedans de la main gauche, en faisant le signe de la croix de la main droite : ça éloigne les esprits[1]. Autrement il arrive des malheurs à ceux qui en font le tour.

— Je ne vous parle pas de ça, dit Germain en s'approchant d'elle et en criant à tue-tête :

— N'avez-vous pas vu passer dans le bois une fille et un enfant ?

— Oui, dit la vieille, il s'y est noyé un petit enfant ! »

Germain frémit de la tête aux pieds ; mais heureusement la vieille ajouta :

« Il y a bien longtemps de ça ; en mémoire de l'accident on y avait planté une belle croix ; mais, par une belle[2] nuit de grand orage, les mauvais esprits l'ont jetée dans l'eau. On peut en voir encore un bout. Si quelqu'un avait le malheur de s'arrêter ici la nuit, il serait bien sûr de ne pouvoir jamais en sortir avant le jour. Il aurait beau marcher, marcher, il pourrait faire deux cents lieues dans le bois et se retrouver toujours à la même place. »

L'imagination du laboureur se frappa malgré lui de ce qu'il entendait, et l'idée du malheur qui devait arriver pour achever de justifier[3] les assertions de la vieille femme s'empara si bien de sa tête, qu'il se sentit froid par tout le corps. Désespérant d'obtenir d'autres renseignements, il remonta à cheval et recommença de parcourir le bois en appelant Pierre de toutes ses forces, et en sifflant, faisant

---

1. Puissances immatérielles, mystérieuses, qui portent malheur aux êtres vivants qui entrent dans leur sphère d'activité ; **2.** *Belle* est ici une sorte d'explétif qui donne plus de consistance à l'idée exprimée dans la phrase ; **3.** Comme Germain et Marie n'ont pu, en effet, sortir de cet endroit, la nuit précédente, le laboureur peut craindre que les autres prédictions de la vieille femme ne se réalisent.

claquer son fouet, cassant les branches pour remplir la forêt du bruit de sa marche, écoutant ensuite si quelque voix lui répondait; mais il n'entendait que la cloche des vaches éparses dans les taillis, et le cri sauvage des porcs qui se disputaient la glandée[1].

Enfin Germain entendit derrière lui le bruit d'un cheval qui courait sur ses traces, et un homme entre deux âges, brun, robuste, habillé comme un demi-bourgeois, lui cria de s'arrêter. Germain n'avait jamais vu le fermier des Ormeaux; mais un instinct de rage lui fit juger de suite que c'était lui. Il se retourna, et, le toisant[2] de la tête aux pieds, il attendit ce qu'il avait à lui dire.

« N'avez-vous pas vu passer par ici une jeune fille de quinze ou seize ans, avec un petit garçon? dit le fermier en affectant un air d'indifférence, quoiqu'il fût visiblement ému.

— Et que lui voulez-vous? répondit Germain sans chercher à déguiser sa colère.

— Je pourrais vous dire que ça ne vous regarde pas, mon camarade[3]! mais comme je n'ai pas de raisons pour le cacher, je vous dirai que c'est une bergère que j'avais louée pour l'année sans la connaître... Quand je l'ai vue arriver, elle m'a semblé trop jeune et trop faible pour l'ouvrage de la ferme. Je l'ai remerciée, mais je voulais lui payer les frais de son petit voyage, et elle est partie fâchée pendant que j'avais le dos tourné... Elle s'est tant pressée, qu'elle a même oublié une partie de ses effets et de sa bourse, qui ne contient pas grand'chose, à coup sûr; quelques sous probablement!... mais enfin, comme j'avais à passer par ici, je pensais la rencontrer et lui remettre ce qu'elle a oublié et ce que je lui dois. »

Germain avait l'âme trop honnête pour ne pas hésiter en entendant cette histoire, sinon très vraisemblable, du moins possible. Il attachait un regard perçant sur le fermier, qui soutenait cette investigation avec beaucoup d'impudence ou de candeur[4].

« Je veux en avoir le cœur net, se dit Germain, et, contenant son indignation :

— C'est une fille de chez nous, dit-il; je la connais : elle

---

1. Les glands qui couvrent le sol; 2. Le regardant attentivement, avec une intention provocante; 3. Ce terme est à la fois familier et agressif; 4. Le visage impassible du fermier témoigne de son impudence s'il est coupable, et de sa tranquillité d'esprit s'il est innocent.

doit être par ici... Avançons ensemble... nous la retrouverons sans doute.

— Vous avez raison, dit le fermier. Avançons... et pourtant, si nous ne la trouvons pas au bout de l'avenue, j'y renonce[1]... car il faut que je prenne le chemin d'Ardentes.

— Oh! pensa le laboureur, je ne te quitte pas! quand même je devrais tourner pendant vingt-quatre heures avec toi autour de la Mare au Diable!

— Attendez! dit tout à coup Germain en fixant des yeux une touffe de genêts qui s'agitait singulièrement : holà! holà! Petit-Pierre, est-ce toi, mon enfant ? »

L'enfant, reconnaissant la voix de son père, sortit des genêts en sautant comme un chevreuil, mais quand il le vit dans la compagnie du fermier, il s'arrêta comme effrayé et resta incertain.

« Viens, mon Pierre! viens, c'est moi! s'écria le laboureur en courant après lui et en sautant à bas de son cheval pour le prendre dans ses bras : et où est la petite Marie ?

— Elle est là, qui se cache, parce qu'elle a peur de ce vilain homme noir, et moi aussi.

— Eh! sois tranquille; je suis là... Marie! Marie! c'est moi! »

Marie approcha en rampant, et dès qu'elle vit Germain, que le fermier suivait de près, elle courut se jeter dans ses bras; et, s'attachant à lui comme une fille à son père :

« Ah! mon brave Germain, lui dit-elle, vous me défendrez; je n'ai pas peur avec vous. »

Germain eut le frisson. Il regarda Marie : elle était pâle, ses vêtements étaient déchirés par les épines où elle avait couru, cherchant le fourré, comme une biche traquée par les chasseurs. Mais il n'y avait ni honte ni désespoir sur sa figure.

« Ton maître veut te parler, lui dit-il, en observant toujours ses traits.

— Mon maître? dit-elle fièrement[2]; cet homme-là n'est pas mon maître et ne le sera jamais!... C'est vous, Germain, qui êtes mon maître. Je veux que vous me rameniez avec vous... Je vous servirai pour rien! »

Le fermier s'était avancé, feignant un peu d'impatience[3].

---

1. Le fermier ne se soucie guère de rester dans la compagnie de Germain, en qui il devine un adversaire; 2. L'attitude de la petite Marie montre qu'elle n'a rien à se reprocher; 3. Il feint l'impatience d'être retardé pour une affaire de peu d'importance.

« Hé! la petite, dit-il, vous avez oublié chez nous quelque chose que je vous rapporte.

— Nenni, monsieur, répondit la petite Marie, je n'ai rien oublié, et je n'ai rien à vous demander.

— Écoutez un peu ici, reprit le fermier, j'ai quelque chose à vous dire, moi!... Allons!... n'ayez pas peur... deux mots seulement...

— Vous pouvez les dire tout haut... je n'ai pas de secrets avec vous.

— Venez prendre votre argent, au moins.

— Mon argent? Vous ne me devez rien, Dieu merci!

— Je m'en doutais bien, dit Germain à demi-voix; mais c'est égal, Marie... écoute ce qu'il a à te dire... car, moi, je suis curieux de le savoir. Tu me le diras après : j'ai mes raisons pour ça. Va auprès de son cheval... je ne te perds pas de vue. »

Marie fit trois pas vers le fermier, qui lui dit, en se penchant sur le pommeau de sa selle et en baissant la voix :

« Petite, voilà un beau louis d'or pour toi! tu ne diras rien, entends-tu? Je dirai que je t'ai trouvée trop faible pour l'ouvrage de ma ferme... Et qu'il ne soit plus question de ça... Je repasserai par chez vous un de ces jours; et si tu n'as rien dit, je te donnerai encore quelque chose... Et puis, si tu es plus raisonnable, tu n'as qu'à parler : je te ramènerai chez moi, ou bien j'irai causer avec toi à la brune dans les prés. Quel cadeau veux-tu que je te porte?

— Voilà, monsieur, le cadeau que je vous fais, moi! répondit à voix haute la petite Marie, en lui jetant son louis d'or au visage, et même assez rudement. Je vous remercie beaucoup, et vous prie, quand vous repasserez par chez nous, de me faire avertir : tous les garçons de mon endroit iront vous recevoir, parce que chez nous, on aime fort les bourgeois qui veulent en conter[1] aux pauvres filles! Vous verrez ça, on vous attendra.

— Vous êtes une menteuse et une sotte langue! dit le fermier courroucé, en levant son bâton d'un air de menace. Vous voudriez faire croire ce qui n'est point, mais vous ne me tirerez pas d'argent : on connaît vos pareilles! »

Marie s'était reculée effrayée; mais Germain s'était élancé à la bride du cheval du fermier, et, la secouant avec force :

---

1. *En conter* : courtiser.

« C'est entendu[1], maintenant! dit-il, et nous voyons assez de quoi il retourne[2]... A terre! mon homme! à terre! et causons tous les deux! »

Le fermier ne se souciait pas d'engager la partie : il éperonna son cheval pour se dégager, et voulut frapper de son bâton les mains du laboureur pour lui faire lâcher prise; mais Germain esquiva le coup, et, lui prenant la jambe, il le désarçonna et le fit tomber sur la fougère, où il le terrassa, quoique le fermier se fût remis sur ses pieds et se défendît vigoureusement. Quand il le tint sous lui :

« Homme de peu de cœur! lui dit Germain, je pourrais te rouer de coups si je voulais! Mais je n'aime pas à faire du mal, et d'ailleurs aucune correction n'amenderait[3] ta conscience... Cependant, tu ne bougeras pas d'ici que tu n'aies demandé pardon, à genoux, à cette jeune fille. »

Le fermier, qui connaissait ces sortes d'affaires[4], voulut prendre la chose en plaisanterie. Il prétendit que son péché n'était pas si grave puisqu'il ne consistait qu'en paroles, et qu'il voulait bien demander pardon, à condition qu'il embrasserait la fille, que l'on irait boire une pinte de vin au prochain cabaret, et qu'on se quitterait bons amis.

« Tu me fais peine! lui répondit Germain en lui poussant la face contre terre, et j'ai hâte de ne plus voir ta méchante mine[5]. Tiens, rougis si tu peux et tâche de prendre le chemin des *affronteux*[6] quand tu passeras par chez nous. »

Il ramassa le bâton de houx du fermier, le brisa sur son genou pour lui montrer la force de ses poignets[7], et en jeta les morceaux au loin avec mépris.

Puis prenant d'une main son fils, et de l'autre la petite Marie, il s'éloigna tout tremblant d'indignation.

XV

LE RETOUR A LA FERME

Au bout d'un quart d'heure ils avaient franchi les brandes[8]. Ils trottaient sur la grand'route, et la Grise hennissait à

---

1. Compris; **2.** *De quoi il retourne* : de quoi il est question. Expression empruntée aux jeux de cartes; **3.** N'améliorerait; **4.** Ces sortes de disputes entre deux hommes qui courtisent la même femme; **5.** *Mine* : expression du visage; **6.** C'est le chemin qui détourne de la rue principale à l'entrée des villages et les côtoie à l'extérieur. On suppose que les gens qui craignent de recevoir quelque affront mérité le prennent pour éviter d'être vus. (Note de l'auteur); **7.** Le bois de houx est extrêmement dur; **8.** Voir p. 43, note 1.

chaque objet de sa connaissance. Petit-Pierre racontait à son père ce qu'il avait pu comprendre dans ce qui s'était passé.

« Quand nous sommes arrivés, dit-il, cet *homme-là* est venu pour parler à *ma Marie* dans la bergerie où nous avons été tout de suite, pour voir les beaux moutons. Moi, j'étais monté dans la crèche[1] pour jouer, et cet *homme-là* ne me voyait pas. Alors il a dit bonjour à ma Marie, et il l'a embrassée.

— Tu t'es laissé embrasser, Marie? dit Germain tout tremblant de colère.

— J'ai cru que c'était une honnêteté, une coutume de l'endroit aux arrivées, comme, chez vous, la grand'mère embrasse les jeunes filles qui entrent à son service, pour leur faire voir qu'elle les adopte et qu'elle leur sera comme une mère.

— Et puis alors, reprit petit Pierre, qui était fier d'avoir à raconter une aventure, cet *homme-là* t'a dit quelque chose de vilain, quelque chose que tu m'as dit de ne jamais répéter et de ne pas m'en souvenir[2] : aussi je l'ai oublié bien vite. Cependant, si mon père veut que je lui dise ce que c'était...

— Non, mon Pierre, je ne veux pas l'entendre, et je veux que tu ne t'en souviennes jamais.

— En ce cas, je vas l'oublier encore, reprit l'enfant. Et puis alors, cet *homme-là* a eu l'air de se fâcher parce que Marie lui disait qu'elle s'en irait. Il lui a dit qu'il lui donnerait tout ce qu'elle voudrait, cent francs! Et ma Marie s'est fâchée aussi. Alors il est venu contre elle, comme s'il voulait lui faire du mal. J'ai eu peur, et je me suis jeté contre Marie en criant. Alors cet *homme-là* a dit comme ça : « Qu'est-ce que c'est que ça? d'où sort cet enfant-là? Mettez-moi ça dehors. » Et il a levé son bâton pour me battre. Mais ma Marie l'a empêché, et elle lui a dit comme ça : «Nous causerons plus tard, monsieur; à présent il faut que je conduise cet enfant-là à Fourche, et puis je reviendrai. » Et aussitôt qu'il a été sorti de la bergerie, ma Marie m'a dit comme ça : « Sauvons-nous, mon Pierre, allons-nous-en d'ici bien vite, car cet homme-là est méchant, et il ne nous ferait que du

---

1. La *crèche* est une mangeoire placée à la hauteur de la tête des animaux; 2. ... *Que tu m'as dit... de ne pas m'en souvenir.* La phrase est incorrecte, mais c'est un enfant qui parle. Toutefois, il faut noter que George Sand n'a pas l'habitude de prêter à ses paysans un langage qui heurte les lois de la grammaire.

mal. » Alors nous avons passé derrière les granges, nous avons passé un petit pré, et nous avons été à Fourche pour te chercher. Mais tu n'y étais pas et on n'a pas voulu nous laisser t'attendre. Et alors cet *homme-là*, qui était monté sur son cheval noir, est venu derrière nous, et nous nous sommes sauvés plus loin, et puis nous avons été nous cacher dans le bois. Et puis il y est venu aussi, et quand nous l'entendions venir, nous nous cachions. Et puis, quand il avait passé, nous recommencions à courir pour nous en aller chez nous ; et puis enfin tu es venu, et tu nous as trouvés ; et voilà comme tout ça est arrivé. N'est-ce pas, ma Marie, que je n'ai rien oublié ?

— Non, mon Pierre, et ça est la vérité. A présent, Germain, vous rendrez témoignage pour moi, et vous direz à tout le monde de chez nous que si je n'ai pas pu rester là-bas, ce n'est pas faute de courage et d'envie de travailler.

— Et toi, Marie, dit Germain, je te prierai de te demander à toi-même si, quand il s'agit de défendre une femme et de punir un insolent, un homme de vingt-huit ans n'est pas trop vieux ! Je voudrais un peu savoir si Bastien, ou tout autre joli garçon, riche[1] de dix ans moins que moi, n'aurait pas été écrasé par cet *homme-là*, comme dit Petit-Pierre : qu'en penses-tu ?

— Je pense, Germain, que vous m'avez rendu un grand service, et que je vous en remercierai toute ma vie.

— C'est là tout ?

— Mon petit père, dit l'enfant, je n'ai pas pensé à dire à la petite Marie ce que je t'avais promis. Je n'ai pas eu le temps, mais je le lui dirai à la maison, et je le dirai aussi à ma grand'mère. »

Cette promesse de son enfant donna enfin à réfléchir à Germain. Il s'agissait maintenant de s'expliquer avec ses parents, et, en leur disant ses griefs contre la veuve Guérin, de ne pas leur dire quelles autres idées l'avaient disposé à tant de clairvoyance et de sévérité[2]. Quand on est heureux et fier, le courage de faire accepter son bonheur aux autres paraît facile ; mais être rebuté d'un côté, blâmé de l'autre[3], ne fait pas une situation fort agréable.

---

1. Pour Germain, que la petite Marie refuse d'abord d'épouser à cause de son âge, dix ans de moins semblent une richesse ; **2.** Cette clairvoyance et cette sévérité s'appliquent au jugement que Germain a porté sur la veuve Guérin ; **3.** Germain, rebuté par Marie, craint d'être blâmé par ses beaux-parents.

Heureusement, le petit Pierre dormait quand ils arrivèrent à la métairie, et Germain le déposa, sans l'éveiller, sur son lit. Puis il entra sur[1] toutes les explications qu'il put donner. Le père Maurice, assis sur son escabeau à trois pieds, à l'entrée de la maison, l'écouta gravement, et, quoiqu'il fût mécontent du résultat de ce voyage, lorsque Germain, en racontant le système de coquetterie de la veuve, demanda à son beau-père s'il avait le temps d'aller les cinquante-deux dimanches de l'année faire sa cour, pour risquer d'être renvoyé au bout de l'an, le beau-père répondit, en inclinant la tête en signe d'adhésion : « Tu n'as pas tort, Germain; ça ne se pouvait pas ». Et ensuite, quand Germain raconta comme quoi il avait été forcé de ramener la petite Marie au plus vite pour la soustraire aux insultes, peut-être aux violences d'un indigne maître, le père Maurice approuva encore de la tête en disant : « Tu n'as pas eu tort, Germain; ça se devait. »

Quand Germain eut achevé son récit et donné toutes ses raisons, le beau-père et la belle-mère firent simultanément un gros soupir de résignation, en se regardant. Puis, le chef de famille se leva en disant : « Allons! que la volonté de Dieu soit faite[2]! l'amitié ne se commande pas! »

— Venez souper, Germain, dit la belle-mère. Il est malheureux que ça ne se soit pas mieux arrangé; mais, enfin, Dieu ne le voulait pas, à ce qu'il paraît. Il faudra voir ailleurs.

— Oui, ajouta le vieillard, comme dit ma femme, on verra ailleurs. »

Il n'y eut pas d'autre bruit à la maison, et quand, le lendemain, le petit Pierre se leva avec les alouettes, au point du jour, n'étant plus excité par les événements extraordinaires des jours précédents, il retomba dans l'apathie[3] des petits paysans de son âge, oublia tout ce qui lui avait trotté par la tête, et ne songea plus qu'à jouer avec ses frères et à *faire l'homme* avec les bœufs et les chevaux.

Germain essaya d'oublier aussi, en se replongeant dans le travail; mais il devint si triste et si distrait, que tout le monde le remarqua. Il ne parlait pas à la petite Marie, il ne la regardait même pas; et pourtant, si on lui eût demandé

---

1. Littré ne donne de *entrer sur* qu'un seul exemple, pris dans les *Satires* de Régnier, dans le sens de *commencer*. La construction normale serait ici : *entrer dans ;* **2.** A l'époque où écrivait George Sand, les paysans berrichons étaient très croyants; **3.** Insouciance.

dans quel pré elle était et par quel chemin elle avait passé, il n'était point d'heure du jour où il n'eût pu le dire s'il avait voulu répondre. Il n'avait pas osé demander à ses parents de la recueillir à la ferme pendant l'hiver, et pourtant il savait bien qu'elle devait souffrir de la misère. Mais elle n'en souffrit pas, et la mère Guillette ne put jamais comprendre comment sa petite provision de bois ne diminuait point, et comment son hangar se trouvait rempli le matin lorsqu'elle l'avait laissé presque vide le soir. Il en fut de même du blé et des pommes de terre. Quelqu'un passait par la lucarne du grenier et vidait un sac sur le plancher sans réveiller personne et sans laisser de traces. La vieille en fut à la foi inquiète et réjouie; elle engagea sa fille à n'en point parler, disant que si on venait à savoir le miracle qui se faisait chez elle, on la tiendrait pour sorcière. Elle pensait bien que le diable s'en mêlait[1], mais elle n'était pas pressée de se brouiller avec lui en appelant les exorcismes[2] du curé sur sa maison; elle se disait qu'il serait temps lorsque Satan viendrait lui demander son âme en retour de ses bienfaits.

La petite Marie comprenait mieux la vérité, mais elle n'osait en parler à Germain, de peur de le voir revenir à son idée de mariage, et elle feignait avec lui[3] de ne s'apercevoir de rien.

XVI

LA MÈRE MAURICE

Un jour la mère Maurice, se trouvant seule dans le verger avec Germain, lui dit d'un air d'amitié : « Mon pauvre gendre, je crois que vous n'êtes pas bien[4]. Vous ne mangez pas aussi bien qu'à l'ordinaire, vous ne riez plus, vous causez de moins en moins. Est-ce que quelqu'un de chez nous, ou nous-mêmes, sans le savoir et sans le vouloir, vous avons fait de la peine ?

— Non, ma mère, répondit Germain, vous avez toujours été aussi bonne pour moi que la mère qui m'a mis au monde, et je serais un ingrat si je me plaignais de vous, ou de votre mari, ou de personne de la maison.

— En ce cas, mon enfant, c'est le chagrin de la mort de

---

1. La crédulité de cette vieille paysanne n'est point invraisemblable; **2.** Prières que l'on fait pour chasser le démon; **3.** *Avec lui* : lorsqu'elle le rencontrait; **4.** *Vous n'êtes pas bien*, au physique comme au moral.

votre femme qui vous revient. Au lieu de s'en aller avec le temps, votre ennui empire, et il faut absolument faire ce que votre beau-père vous a dit fort sagement : il faut vous remarier.

— Oui, ma mère, ce serait aussi mon idée ; mais les femmes que vous m'avez conseillé de rechercher ne me reviennent pas. Quand je les vois, au lieu d'oublier ma Catherine, j'y pense davantage.

— C'est qu'apparemment, Germain, nous n'avons pas su deviner votre goût. Il faut donc que vous nous aidiez, en nous disant la vérité. Sans doute il y a quelque part une femme qui est faite pour vous, car le bon Dieu ne fait personne sans lui réserver son bonheur dans une autre personne. Si donc vous savez où la prendre, cette femme qu'il vous faut, prenez-la ; et qu'elle soit belle ou laide, jeune ou vieille, riche ou pauvre, nous sommes décidés, mon vieux[1] et moi, à vous donner consentement ; car nous sommes fatigués[2] de vous voir triste, et nous ne pouvons pas vivre tranquilles si vous ne l'êtes point.

— Ma mère, vous êtes aussi bonne que le bon Dieu, et mon père pareillement, répondit Germain ; mais votre compassion ne peut pas porter remède à mes ennuis : la fille que je voudrais ne veut point de moi.

— C'est donc qu'elle est trop jeune ? S'attacher à une jeunesse[3] est déraison pour vous.

— Eh bien ! oui, bonne mère, j'ai cette folie de m'être attaché à une jeunesse, et je m'en blâme. Je fais mon possible pour n'y plus penser ; mais que je travaille ou que je me repose, que je sois à la messe ou dans mon lit, avec mes enfants ou avec vous, j'y pense toujours, je ne peux penser à autre chose.

— Alors c'est comme un sort[4] qu'on vous a jeté, Germain ? Il n'y a à ça qu'un remède, c'est que cette fille change d'idée et vous écoute. Il faudra que je m'en mêle, et que je voie si c'est possible. Vous allez me dire où elle est et comment on l'appelle.

— Hélas ! ma chère mère, je n'ose pas, dit Germain, parce que vous allez vous moquer de moi.

---

1. Mon mari. Ce terme populaire s'emploie encore aujourd'hui un peu partout ; **2.** *Nous sommes fatigués* : nous en avons assez ; **3.** *Une jeunesse* : expression familière pour désigner une jeune fille. Ce terme peut s'appliquer aussi aux jeunes gens, à l'exclusion des jeunes filles : on dit dans ce sens que la guerre fauche la jeunesse d'un pays ; **4.** *Sort* : pratique consistant en paroles, gestes, etc..., en vue de jeter un maléfice.

— Je ne me moquerai pas de vous, Germain, parce que vous êtes dans la peine et que je ne veux pas vous y mettre davantage. Serait-ce point la Fanchette ?

— Non, ma mère, ça ne l'est point.

— Ou la Rosette ?

— Non.

— Dites donc, car je n'en finirai pas, s'il faut que je nomme toutes les filles du pays.

Germain baissa la tête et ne put se décider à répondre.

— Allons ! dit la mère Maurice, je vous laisse tranquille pour aujourd'hui, Germain ; peut-être que demain vous serez plus confiant avec moi, ou bien que votre belle-sœur sera plus adroite à vous questionner. »

Et elle ramassa sa corbeille pour aller étendre son linge sur les buissons.

Germain fit comme les enfants qui se décident quand ils voient qu'on ne s'occupera plus d'eux. Il suivit sa belle-mère, et lui nomma enfin en tremblant *la petite Marie à la Guillette*.

Grande fut la surprise de la mère Maurice : c'était la dernière à laquelle elle eût songé. Mais elle eut la délicatesse de ne point se récrier[1] et de faire mentalement ses commentaires. Puis, voyant que son silence accablait Germain[2], elle lui tendit sa corbeille en lui disant : « Alors est-ce une raison pour ne point m'aider dans mon travail ? Portez donc cette charge, et venez parler avec moi. Avez-vous bien réfléchi, Germain ? êtes-vous bien décidé ?

— Hélas ! ma chère mère, ce n'est pas comme cela qu'il faut parler : je serais décidé si je pouvais réussir ; mais comme je ne serais pas écouté, je ne suis décidé qu'à m'en guérir si je peux.

— Et si vous ne pouvez pas ?

— Toute chose a son terme, mère Maurice : quand le cheval est trop chargé, il tombe ; et quand le bœuf n'a rien à manger, il meurt.

— C'est donc à dire que vous mourrez, si vous ne réussissez point ? A Dieu ne plaise, Germain ! Je n'aime pas qu'un homme comme vous dise de ces choses-là, parce que quand il les dit il les pense. Vous êtes d'un grand courage, et la faiblesse est dangereuse chez les gens forts[3]. Allons, prenez

---

1. *Se récrier :* manifester sa surprise par une exclamation; **2.** Germain interprète en blâme le silence de sa belle-mère; **3.** C'est-à-dire que les gens forts supportent moins facilement que les autres un instant de faiblesse. Cette observation est juste.

de l'espérance. Je ne conçois pas qu'une fille dans la misère, et à laquelle vous faites beaucoup d'honneur en la recherchant, puisse vous refuser.

— C'est pourtant la vérité, elle me refuse.

— Et quelles raisons vous en donne-t-elle?

— Que vous lui avez toujours fait du bien, que sa famille doit beaucoup à la vôtre, et qu'elle ne veut point vous déplaire en me détournant d'un mariage riche.

— Si elle dit cela, elle prouve de bons sentiments, et c'est honnête de sa part. Mais en vous disant cela, Germain, elle ne vous guérit point, car elle vous dit sans doute qu'elle vous aime, et qu'elle vous épouserait si nous le voulions?

— Voilà le pire! elle dit que son cœur n'est point porté vers moi.

— Si elle dit ce qu'elle ne pense pas, pour mieux vous éloigner d'elle, c'est une enfant qui mérite que nous l'aimions et que nous passions par-dessus sa jeunesse à cause de sa grande raison.

— Oui, dit Germain, frappé d'une espérance qu'il n'avait pas encore conçue : ça serait bien sage et bien *comme il faut* de sa part! mais si elle est si raisonnable, je crains bien que c'est à cause que je lui déplais.

— Germain, dit la mère Maurice, vous allez me promettre de vous tenir tranquille pendant toute la semaine, de ne vous point tourmenter, de manger, de dormir, et d'être gai comme autrefois. Moi, je parlerai à mon vieux[1], et si je le fais consentir, vous saurez alors le vrai sentiment de la fille à votre endroit. »

Germain promit, et la semaine se passa sans que le père Maurice lui dît un mot en particulier et parût se douter de rien. Le laboureur s'efforça de paraître tranquille, mais il était toujours plus pâle et plus tourmenté.

XVII

LA PETITE MARIE

Enfin, le dimanche matin, au sortir de la messe, sa belle-mère lui demanda ce qu'il avait obtenu de sa bonne amie depuis la conversation dans le verger.

---

1. Cf. p. 81, note 1.

« Mais, rien du tout, répondit-il. Je ne lui ai pas parlé.

— Comment donc voulez-vous la persuader si vous ne lui parlez pas ?

— Je ne lui ai parlé qu'une fois, répondit Germain. C'est quand nous avons été ensemble à Fourche ; et, depuis ce temps-là, je ne lui ai pas dit un seul mot. Son refus m'a fait tant de peine que j'aime mieux ne pas l'entendre recommencer à me dire qu'elle ne m'aime pas.

— Eh bien, mon fils, il faut lui parler maintenant ; votre beau-père vous autorise à le faire. Allez, décidez-vous ! je vous le dis, et, s'il le faut, je le veux[1] ; car vous ne pouvez pas rester dans ce doute-là. »

Germain obéit. Il arriva chez la Guillette, la tête basse et l'air accablé. La petite Marie était seule au coin du feu, si pensive qu'elle n'entendit pas venir Germain. Quand elle le vit devant elle, elle sauta de surprise sur sa chaise, et devint toute rouge.

« Petite Marie, lui dit-il en s'asseyant auprès d'elle, je viens te faire de la peine et t'ennuyer, je le sais bien : mais *l'homme et la femme de chez nous* (désignant ainsi, selon l'usage, les chefs de famille) veulent que je te parle et que je te demande de m'épouser. Tu ne le veux pas, toi, je m'y attends.

— Germain, répondit la petite Marie, c'est donc décidé que vous m'aimez ?

— Ça te fâche, je le sais, mais ce n'est pas ma faute : si tu pouvais changer d'avis, je serais trop content, et sans doute je ne mérite pas que cela[2] soit. Voyons, regarde-moi, Marie, je suis donc bien affreux ?

— Non, Germain, répondit-elle en souriant, vous êtes plus beau que moi.

— Ne te moque pas ; regarde-moi avec indulgence ; il ne me manque encore ni un cheveu ni une dent. Mes yeux te disent que je t'aime. Regarde-moi donc dans les yeux, ça y est écrit, et toute fille sait lire dans cette écriture-là. »

Marie regarda dans les yeux de Germain avec son assurance enjouée, puis, tout à coup, elle détourna la tête et se mit à trembler.

« Ah ! mon Dieu ! je te fais peur, dit Germain, tu me regardes comme si j'étais le fermier des Ormeaux. Ne me

1 Ce dialogue contient un trait de mœurs et montre la puissance de l'autorité paternelle chez ces paysans ; 2. *Cela* : que tu changes d'avis.

crains pas, je t'en prie, cela me fait trop de mal. Je ne te dirai pas de mauvaises[1] paroles, moi; je ne t'embrasserai pas malgré toi, et quand tu voudras que je m'en aille, tu n'auras qu'à me montrer la porte. Voyons, faut-il que je sorte pour que tu finisses de trembler? »

Marie tendit la main au laboureur, mais sans détourner sa tête penchée vers le foyer, et sans dire un mot.

« Je comprends, dit Germain; tu me plains, car tu es bonne; tu es fâchée de me rendre malheureux : mais tu ne peux pourtant pas m'aimer?

— Pourquoi me dites-vous de ces choses-là, Germain? répondit enfin la petite Marie; vous voulez donc me faire pleurer?

— Pauvre petite fille, tu as bon cœur, je le sais; mais tu ne m'aimes pas, et tu me caches ta figure parce que tu crains de me laisser voir ton déplaisir et ta répugnance. Et moi, je n'ose pas seulement te serrer la main! Dans le bois, quand mon fils dormait, et que tu dormais aussi, j'ai failli t'embrasser tout doucement. Mais je serais mort de honte[2] plutôt que de te le demander, et j'ai autant souffert dans cette nuit-là qu'un homme qui brûlerait à petit feu. Depuis ce temps-là j'ai rêvé à toi toutes les nuits. Ah! comme je t'embrassais, Marie! Mais toi, pendant ce temps-là, tu dormais sans rêver. Et, à présent, sais-tu ce que je pense? c'est que si tu te retournais pour me regarder avec les yeux que j'ai pour toi, et si tu approchais ton visage du mien, je crois que j'en tomberais mort de joie. Et toi, tu penses que si pareille chose t'arrivait[3] tu en mourrais de colère et de honte! »

Germain parlait comme dans un rêve sans entendre ce qu'il disait. La petite Marie tremblait toujours; mais comme il tremblait encore davantage, il ne s'en apercevait plus. Tout à coup elle se retourna; elle était tout en larmes et le regardait d'un air de reproche. Le pauvre laboureur crut que c'était le dernier coup, et, sans attendre son arrêt, il se leva pour partir; mais la jeune fille l'arrêta en l'entourant de ses deux bras, et, cachant sa tête dans son sein :

« Ah! Germain, lui dit-elle en sanglotant, vous n'avez donc pas deviné que je vous aime? »

Germain serait devenu fou, si son fils, qui le cherchait et qui entra dans la chaumière au grand galop sur son bâton,

---

1. Inconvenantes; **2.** La honte de commettre une mauvaise action; **3.** *Si pareille chose...* Si Marie approchait son visage de celui de Germain.

avec sa petite sœur en croupe qui fouettait avec une branche d'osier ce coursier imaginaire, ne l'eût rappelé à lui-même. Il le souleva dans ses bras, et le mettant dans ceux de sa fiancée :

« Tiens, lui dit-il, tu as fait plus d'un heureux en m'aimant[1]. »

---

1. Dans un Appendice, George Sand a raconté les divers épisodes d'une noce en Berry. Cet Appendice n'a pas de lien avec le roman, bien que l'on y retrouve les mêmes personnages. C'est une simple reconstitution de mœurs paysannes, et sa valeur est plus historique que littéraire.

JUGEMENTS SUR « LA MARE AU DIABLE »

XIXᵉ SIÈCLE.

La Mare au Diable est tout simplement un petit chef-d'œuvre. La Préface m'avait donné quelques craintes. L'auteur met en avant une idée philosophique et je tremble toujours quand je vois une idée philosophique servir d'affiche à un roman... Le véritable artiste est digne de ne pas procéder ainsi... J'avais à dire ceci pour l'acquit de ma conscience; c'est le côté faible et le travers d'un grand talent. Je n'ai plus maintenant qu'à louer et à m'émerveiller en toute franchise. La scène un peu idéale de labour, que l'auteur oppose à l'allégorie d'Holbein, est d'une magnificence à faire envie à Jean-Jacques et à Buffon; c'est là que le souvenir de Virgile et du labourage romain revient manifestement : l'artiste, qui peint ici l'attelage d'une charrue du Berry, se souvient encore des bœufs du Clitumne. Mais ce premier chapitre grandiose, entremêlé çà et là d'apostrophes et d'allusions aux *oisifs*... me plaît moins que l'histoire toute simple et tout agreste de Germain *le fin laboureur*... Ici, dans deux chapitres intitulés *Sous les grands chênes* et *Prière du soir*, on a une suite de scènes délicieuses, délicates, et qui n'ont leur pendant ni leur modèle dans aucune idylle antique ou moderne.

> Sainte-Beuve,
> *Causeries du Lundi* (1850).

Il y avait là (*dans l'étude du paysan*) de très grandes sources de poésie parfaitement laissées à l'écart depuis Théocrite. George Sand les a retrouvées. Où voit-on qu'elle nous ait trompés ? Elle n'a embelli que par la forme. Le fond est très vrai... Et il y a plus de vérité encore dans le détail. Cette *Mare au Diable* est un chef-d'œuvre. Le jeune veuf qui aime, parce qu'il aime, mais aussi parce que Marie plaît à son petit garçon et sait l'apaiser, le soigner, l'endormir; et aussi parce que Marie est vaillante et sobre : « Sais-tu bien que tu n'es pas une femme difficile à nourrir ? » Les vieux, amoureux du « bien » et qui voudraient une bru riche; mais quoi ! le garçon languit; il faut être juste, et aussi ne pas perdre un si bon laboureur; qu'il dise qui il aime : fût-ce la plus pauvre, on la lui donnera...

Et comme ils sont composés, ces romans-là, au contraire des autres œuvres de notre auteur! Comme le paysage, les scènes, les dialogues et les caractères sont dans de justes proportions, sans que les uns empiètent sur les autres! Comme on savoure les descriptions sans se douter qu'il y a des descriptions, tant elles sont bien mêlées au récit et nécessaires à l'œuvre! C'est que parmi tous nos peintres de la nature, George Sand a une place bien à part, une originalité exquise. Elle a de la nature comme une connaissance intime, une sensation familière. Elle rappelle La Fontaine à cet égard. Elle ne voit pas de loin et de haut comme Chateaubriand; elle ne prête pas aux objets naturels ses propres sentiments, comme Lamartine et Hugo, et ne les fait point vivre de sa vie. Elle vit de la leur, s'en laisse pénétrer et intimement envahir...

Elle a trouvé là ses œuvres supérieures et qui resteront : *Fadette*, *le Champi*, *Jeanne*, et au-dessus de tout *la Mare au Diable* et *les Maîtres sonneurs*.

E. Faguet,
Dix-neuvième siècle (1887).

... Il ne faudrait pas oublier que George Sand a inventé le roman rustique. La première, je crois, elle a vraiment compris et aimé le paysan, celui qui vit loin de Paris, dans les provinces qui ont gardé l'originalité de leurs mœurs. La première elle a senti ce qu'il y a de grandeur et de poésie dans sa simplicité, dans sa patience, dans sa communion avec la terre; elle a goûté les archaïsmes, les lenteurs, les images et la saveur du terroir et sa langue colorée; elle a été frappée de la profondeur et de la ténacité tranquille de ses sentiments et de ses passions; elle l'a montré amoureux du sol, âpre au travail et au gain, prudent, défiant, mais de sens droit, très épris de justice et ouvert au mystérieux....

Ce que nous devons à George Sand, c'est presque un renouvellement (à force de sincérité) du sentiment de la nature. Elle la connaît mieux, elle est plus familière avec elle qu'aucun des paysagistes qui l'ont précédée. Elle vit vraiment de la vie de la terre, et cela sans s'y appliquer. Elle est le plus naturel, le moins laborieux, le moins concerté des paysagistes. Au lieu que les autres, le plus souvent, voient la nature de haut et l'arrangent, ou lui prêtent leurs propres sentiments, elle se livre, elle, aux charmes des choses et s'en laisse intimement pénétrer.

Jules Lemaître,
Les Contemporains (1889).

... Élevée à courir par les *traînes* du Berry, elle a appris de toute la littérature depuis Rousseau la valeur littéraire des impressions qu'on ramasse au contact de la nature. Déjà, dans tous ses romans précédents, on trouvait des paysages charmants, et George Sand s'était révélée comme un grand peintre de la nature. En pleine éruption de roman socialiste, par une évolution imprévue, elle revient à son Berry, s'y renferme, et se met à décrire les aspects de sa chère province, des scènes rustiques toutes simples, sans éclats de passion ni tapage de doctrines : elle écrit *la Mare au Diable*, *la Petite Fadette*, *François le Champi*, qui sont les chefs-d'œuvre du genre idyllique en France, avec leurs paysans idéalisés, et pourtant ressemblants, leurs dialogues délicats, et pourtant naturels. Ce n'est pas la réalité : mais c'est une vision poétique qui transfigure la réalité sans la déformer...

... Il arrive aussi que ses héros, ses personnages de premier plan sont plus vaporeux, plus insubstantiels — plus faux, pour parler brutalement — que les comparses et caractères accessoires : c'est qu'elle embellit, et déforme les types réels, selon l'intérêt, la sympathie qu'ils lui inspirent. Elle laisse les personnages secondaires tels qu'elle les a observés.

G. Lanson,
Histoire de la littérature française (1894).

XX⁰ SIÈCLE.

Germain, le fin laboureur, et Marie, la bergère, et Petit-Pierre sont depuis longtemps nos amis... Combien nous l'aimions, lecteurs de quinze ans, pour sa grâce ingénue et sa tendresse déjà maternelle, cette douce Marie...

Mais on voit sans peine ce que ces choses signifient, et qu'elles tendent à nous montrer à quel point la bonté est naturelle au cœur de l'homme. Un Germain, une Marie, si nous cherchons d'où vient qu'ils nous paraissent si aimables, c'est tout simplement qu'ils ont un cœur simple et suivant la nature. Cette nature, il suffit qu'elle ne soit pas déformée par la contrainte et faussée par la convention : elle nous mène droit à la vertu... Les mêmes principes ont fait éclore l'idylle dans la littérature et la Révolution dans notre histoire. On croyait que l'homme est naturellement bon : c'est pourquoi on voulait le soustraire à toutes les contraintes qui ont été imaginées pour refréner sa nature : autorité politique et religieuse, discipline morale, empire de la tradition... Ainsi le même état d'esprit qui se reflète dans *la Mare au Diable* va faire l'écrivain révolutionnaire de 1848.

R. Doumic,
George Sand (1908).

Maintenant, pourquoi les universitaires, généralement attachés aux traditions, ont-ils presque tous une tendresse pour George Sand ? Il n'y a pas à dire. Elle est mieux traitée par les critiques d'université, sauf exception, que Balzac et que Stendhal, les deux grands romanciers authentiques de son époque, à qui c'est une étrange folie de la comparer et dont la gloire ne cesse de grandir, tandis que la sienne ne cesse de décliner... Il y a, dans l'œuvre infinie de George Sand, une demi-douzaine de romans aimables, d'une poésie sans beaucoup d'élévation ni d'envergure, mais assez fraîche : ce sont ses récits champêtres, *la Mare au Diable*, *la Petite Fadette*, *François le Champi*, *les Maîtres sonneurs*. Elle a aimé de bonne foi la nature, son Berry, la vie bucolique, la simplicité des paysans : c'est ce qu'il y a de meilleur en elle. Encore ne faut-il rien exagérer : ces idylles sont jolies, mais on les donnerait toutes pour dix vers de La Fontaine. Il ne serait même pas équitable de l'écraser sous de telles comparaisons, si ce mot de génie n'était prononcé par de téméraires admirateurs...

Elle sait conter, et l'art de la narration fait le plus clair de son talent. Mais un conteur doit nécessairement être objectif, observer et peindre la réalité. George Sand était atteinte, comme la plupart des femmes, d'un subjectivisme candide et absolu. Elle ne conte donc pas l'histoire de l'humanité, mais ses vagues aspirations, ses rêveries, les fantaisies et les chimères de son imagination.

Paul Souday,
L'Opinion (29 mai 1909).

QUESTIONS SUR « LA MARE AU DIABLE »

I. — L'AUTEUR AU LECTEUR.

— Les réflexions philosophiques des deux premiers chapitres sont-elles indispensables à la conduite du roman ?

— *Un fonds raboteux et rebelle.* Expliquez ces deux adjectifs. Cherchez un exemple analogue d'harmonie imitative dans la fable de La Fontaine : *le Coche et la Mouche* ?

— *Dans cette* collection, *ou plutôt dans cette vaste* composition... Quelle est la valeur exacte des deux substantifs ?

— ... *Sans doute parce qu'il n'a rien à perdre...* Pourquoi cette interprétation de la pensée de Lazare est-elle inexacte ?

— *Certains artistes de notre temps...* Nommez quelques-uns de ces artistes.

— ... *La peur ne guérit pas l'égoïsme, elle l'augmente.* Commentez cette pensée, fort juste, de George Sand.

II. — LE LABOUR.

— ... *Lorsqu'un morceau de pain...* George Sand n'exagère-t-elle pas la misère du travailleur rural ? Dans quel but ?

— *Le plus heureux des hommes...* Chez quel écrivain du XVIIIᵉ siècle rencontrez-vous une thèse analogue ?

— *Le paysage était vaste...* Quel est, dans cette phrase, le détail qui montre le mieux le talent descriptif de George Sand ?

— ... *Poussait gravement son areau.* Quel est le sens de l'adverbe ?

— *Soufflant avec effroi et dédain...* Traduisez avec ces deux substantifs la *psychologie* de l'animal.

— *Puis la voix mâle...* (jusqu'à la fin du paragraphe suivant). Montrez l'heureux effet de cette impression auditive qui complète les impressions visuelles et anime le tableau.

— ... *Un tableau qui contrastait avec celui d'Holbein, quoique ce fût une scène pareille.* Le paysan d'Holbein excite la pitié : quelle pitié différente excite celui que dépeint George Sand ? Dégagez à ce propos la thèse sociale défendue par l'auteur.

— ... *Et chacun pourrait intéresser au roman de sa propre vie...* Cette phrase ne vous semble-t-elle pas en contradiction avec les déclarations précédentes ? Quelle école du XIXᵉ siècle pourrait-elle plus justement la revendiquer ?

III. — LE PÈRE MAURICE.

— Quelles sont les deux tendances essentielles du caractère du père Maurice ?

— Comment se présente Germain au cours de ce chapitre ?

— Quel est le trait de mœurs paysannes contenu dans ces premières pages ?

— *Si ta femme n'a pas environ le même âge que toi...* etc. Pourquoi le romancier prête-t-il au père Maurice cette opinion, que l'événement démentira ?

IV. — GERMAIN LE FIN LABOUREUR.

— Quel intérêt offre le peu d'enthousiasme de Germain à contracter un second mariage : *a)* pour le caractère de Germain ; *b)* pour la suite du récit.

— ... *Et j'aimerais mieux tout céder que de disputer sur le tien et le mien.* Ce trait de mœurs est exceptionnel chez le paysan. Pourquoi George Sand le souligne-t-elle ?

— ... *Autrement les gens de loi s'en mêlent...* Cette crainte des gens de loi n'est-elle pas instinctive chez le paysan, et en général chez les classes moyennes ? Cherchez-en des expressions dans La Fontaine, Racine, La Bruyère.

— *Ce froid projet de mariage,* etc... Analysez l'état d'esprit de Germain à cet instant, et montrez la finesse d'observation de George Sand.

— *Cependant le père Maurice...* Montrez la grâce et le naturel de ce croquis champêtre qui clôt la conversation entre les deux hommes.

V. — LA GUILLETTE.

— Quel est le but de ce chapitre, qui complète, avec les deux précédents, la présentation des personnages ?

— Sous quelle apparence sommaire se présente la petite Marie à la fin de ce chapitre ?

— Pourquoi le personnage de Marie est-il si brièvement traité, alors que celui de Germain est déjà complet ?

— Marie, personnage principal de *la Mare au Diable*, apparaît la dernière sur la scène. Ce procédé de présentation est souvent employé au théâtre. Citez une pièce célèbre de Molière dans laquelle le personnage principal ne se montre qu'au troisième acte.

— Quelle est, à la fin de ce chapitre, la situation respective de Germain et de Marie ?

VI. — PETIT-PIERRE.

— Quel est le trait de caractère que Germain observe d'abord en Marie ?

— Pourquoi le romancier a-t-il souligné ce trait avant les autres ?

— Montrez l'habileté de cette prise *indirecte* de contact entre Germain et Marie.

— Pourquoi la petite Marie semble-t-elle considérer le mariage de Germain avec la veuve Guérin comme une chose faite ? Utilité de ce détail : *a*) pour le caractère de Marie ; *b*) pour la suite du récit.

— Quel sentiment, encore très simple, Germain et Marie éprouvent-ils l'un pour l'autre ?

— Le Petit-Pierre témoigne une grande affection pour Marie. Quel est le résultat de ces démonstrations ?

— *Ça me fait penser que je n'ai pas embrassé mon Petit-Pierre avant de partir.* Pourquoi le romancier imagine-t-il la fuite de l'enfant ?

VII. — DANS LA LANDE.

— Montrez qu'il n'y a point de notations nouvelles dans la psychologie des personnages.

— Dégagez ensuite la composition et le but de ce chapitre : *a*) les descriptions ; *b*) la préparation à la nuit dans les bois.

VIII. — SOUS LES GRANDS CHÊNES.

— Montrez l'importance de ce chapitre, où commence l'intrigue sentimentale de *la Mare au Diable*.

— Quels éléments nouveaux discernez-vous dans le personnage de Marie ?

— A quel moment la conversation entre Germain et Marie cesse-t-elle d'être banale pour devenir intime ?

— Quand les pensées de Germain se dirigent-elles, encore vaguement, vers l'hypothèse du mariage ?

— Pourquoi le romancier n'indique-t-il que vaguement cette hypothèse ?

— Quels sont les sentiments et les observations qui portent Germain vers la petite Marie ?

— Après avoir éveillé la sympathie du lecteur pour Germain et Marie, par quel élément classique d'intérêt le romancier excite-t-il cette sympathie ?

— *Oh, je l'ai bien pleurée...* etc. Montrez que cette déclaration indique chez Marie l'absence d'un sentiment profond pour Germain. Confirmez cette notation par la réplique de la page 48 : « *Je ne suis pas une femme* », etc...

— *Dites donc, laboureur ! voilà votre enfant qui se réveille...* Soulignez la finesse instinctive de la jeune fille.

— Situation réciproque de Germain et de Marie à la fin de ce chapitre.

IX. — LA PRIÈRE DU SOIR.

— Par quel adroit procédé George Sand évoque-t-elle clairement, pour la première fois, la possibilité d'un mariage entre Germain et Marie ?

— Quel obstacle essentiel Germain écarte-t-il assez brutalement ?

— *... La jeune fille... priait mentalement pour l'âme de Catherine.* Quel obstacle — d'une autre nature — écarte la pieuse tendresse de Marie pour la première femme de Germain ?

— *... Et il eut peine à détacher ses lèvres du front du petit Pierre.* Quel autre sentiment se juxtapose à l'amour de Germain pour son fils ? Germain en a-t-il la notion ?

X. — MALGRÉ LE FROID.

— Montrez par quelle voie naturelle Germain prépare sa demande en mariage.

— Quel est le réflexe de Germain devant l'hésitation de Marie ?

— *Cinquante, c'est beaucoup...* etc. Que signifie cette moquerie légère de Marie?

— *Il y a une heure,* etc. Marie a-t-elle conscience d'interpréter exactement **la** pensée de Germain? Montrez l'adresse de sa défense.

— *Qu'est-ce que ça vous fait, Germain?* Analysez le sentiment de Marie pour Germain à cette minute.

— *La petite Marie ne répondit pas... elle dormait.* Ce sommeil ne vient-il pas à propos? Pourquoi?

— *Ils avaient marché pendant deux heures...* Pourquoi le romancier imagine-t-il cet incident qui force Germain et Marie à passer toute la nuit dans le bois?

XI. — A LA BELLE ÉTOILE.

— Sur quel obstacle Germain va-t-il porter l'effort de son argumentation?

— Pourquoi Marie discute-t-elle si froidement les arguments passionnés de Germain?

— Pourquoi le refus de Marie ne lui aliène-t-il pas la sympathie du lecteur?

— Quel sentiment — assez rare — dénote ce refus de Marie d'épouser un homme plus âgé, mais plus riche qu'elle?

— *... Et tenant son fils par la main...* Que signifie ce geste de Germain?

— Marie a refusé la proposition de Germain. Quel incident, à la fin du chapitre, permet de supposer qu'elle reviendra sur sa décision?

XII. — LA LIONNE DU VILLAGE.

— Montrez, en prenant comme exemples le père Léonard, la veuve Guérin et ses trois soupirants, que George Sand sait peindre exactement les paysans, quand elle le veut bien.

— Pourquoi est-il *nécessaire* au roman que la veuve Guérin soit un personnage antipathique?

XIII. — LE MAITRE.

— A quoi sert le portrait que le père Léonard trace de sa fille?

— Après l'épisode chez la veuve Guérin, l'intrigue ébauchée entre Germain et Marie ne semble-t-elle pas terminée?

— A propos de la question précédente, nommez un célèbre romancier du XIXe siècle qui eût volontiers arrêté *la Mare au Diable* en cet endroit. Citez, de ce romancier, une œuvre dont les deux héros commencent une intrigue sentimentale qui n'aboutit pas.

— La situation de Germain et de Marie étant stationnaire, n'est-il pas indispensable qu'un nouveau personnage provoque un nouvel incident qui modifie cette situation?

XIV. — LA VIEILLE.

— Quel est, en ce qui concerne le personnage de Marie, le problème que doit résoudre le romancier au cours de ce chapitre?

— A quel moment commence l'évolution du sentiment de Marie envers Germain?

— Pourquoi le romancier ne profite-t-il pas immédiatement de l'incident pour rendre Marie amoureuse de Germain?

— *...Mais un instinct de rage...* Expliquez cette expression.

— *... Et, s'attachant à lui comme une fille à son père...* Que signifie cette précision?

— *... Quoique le fermier se fût remis sur ses pieds...* Pourquoi ce détail?

— *... Je pourrais te rouer de coups si je voulais.* Cette longanimité de Germain est-elle bien vraisemblable? N'aperçoit-on pas ici la femme dans le romancier?

XV. — LE RETOUR A LA FERME.

— Pourquoi est-ce le petit Pierre qui raconte l'incident de la ferme des Ormeaux?

— *C'est là tout?* Pourquoi la petite Marie ne répond-elle pas à cette question? Que peut-elle penser à cet instant?

— *Le petit Pierre... oublia tout ce qui lui avait trotté par la tête.* Pourquoi est-il nécessaire que l'enfant oublie de raconter ce qu'il a vu?

— *Il ne parlait pas à la petite Marie.* Pourquoi le romancier sépare-t-il pendant quelques mois Germain et Marie?

— *... De peur de le voir revenir à son idée de mariage.* Pourquoi cette idée de mariage fait-elle peur à Marie? Cherchez la réponse à cette question dans une phrase du chapitre suivant.

XVI. — LA MÈRE MAURICE.

— Pourquoi le romancier fait-il intervenir la mère Maurice, et non son mari ?

— Comment la conversation entre Germain et sa belle-mère prépare-t-elle le dénouement ? Quels obstacles écarte-t-elle ? Quelle hypothèse vraisemblable donne-t-elle du refus de Marie ?

— A ce propos, montrez que les développements psychologiques et les faits relatifs à Marie sont souvent exposés *obliquement* par les autres personnages du roman. Soulignez l'adresse de ce procédé.

XVII. — LA PETITE MARIE.

— Pourquoi le dénouement est-il rapidement amené ?

— Pourquoi le romancier conduit-il Germain jusqu'à la limite du désespoir ?

— Montrez l'opportunité de la dernière intervention de Petit-Pierre, qui a joué un rôle important dans le roman.

SUJETS DE DEVOIRS

— George Sand et le sentiment de la nature. En quoi son interprétation diffère-t-elle de celle des romantiques ?

— « J'ai bien vu, j'ai bien senti le beau dans le simple, mais voir et peindre sont deux » (Notice). Dégagez la doctrine sociale et esthétique contenue dans cette déclaration.

— L'influence de Jean-Jacques Rousseau sur George Sand, d'après la Notice et les deux premiers chapitres de *la Mare au Diable*. (Consulter l'étude de George Sand : « Quelques réflexions sur J.-J. Rousseau », *Revue des Deux Mondes*, 1ᵉʳ juin 1841).

— « ... Le rêve de la vie champêtre a été de tout temps l'idéal des villes et même celui des cours » (Notice). Commentez, et corrigez au besoin cette affirmation, d'après ce que vous savez du sentiment de la nature aux XVIIᵉ et XVIIIᵉ siècles.

— « Personne ne fait une révolution à soi tout seul, et il en est, surtout dans les arts, que l'humanité accomplit sans trop savoir comment, parce que c'est tout le monde qui s'en charge » (Notice). Appliquez cet axiome à la révolution romantique (théâtre, roman, poésie).

— « Je n'ai rien fait de neuf en suivant la pente qui ramène l'homme civilisé aux charmes de la vie primitive. » (Notice). Montrez que la modestie — réelle et non simulée — de George Sand l'empêche de reconnaître ce qu'il y a de nouveau dans sa vision de la campagne et des paysans.

— « L'art n'est pas une étude de la réalité positive : c'est une recherche de la vérité idéale » (chap. 1ᵉʳ). Comparez cette conception à celles de Balzac et de Flaubert.

— Analysez les caractères de Germain et de la petite Marie ; montrez ce qui leur manque pour être tout à fait réels.

— Montrez que Petit-Pierre — personnage en apparence insignifiant — joue un rôle de premier plan dans *la Mare au Diable*.

— Analysez la description de la scène de labour (chap. II) : *a)* le cadre ; *b)* le centre du tableau ; *c)* les personnages (hommes et animaux) ; *d)* leurs gestes ; *e)* la conclusion morale.

— L'influence de George Sand sur le développement du roman champêtre et régionaliste.

— Pourquoi *la Mare au Diable* et les autres romans champêtres de George Sand ont-ils mieux résisté au temps que ses œuvres antérieures ?

— Le réalisme de George Sand dans la peinture des personnages épisodiques de *la Mare au Diable*.

TABLE DES MATIÈRES

Imprimé en Belgique.
Établissements généraux d'Imprimerie, 14, rue d'Or, Bruxelles. — 792-7-37.